Evelyn Brezina

Zerbrichmeinnicht und Löwenzahn

novum
VERLAG

Für meine Familie
und
meine Freunde

Hoffnung ist wie das Sandkorn in einer Muschel –
mit Geduld und Zuversicht behütet,
wird sie eines Tages zur schimmernden Perle der Freude in
deinem Herzen.

Bibliografische Information der Deutschen Nationalbibliothek:
Die Deutsche Nationalbibliothek verzeichnet diese Publikation in der Deutschen Nationalbibliografie. Detaillierte bibliografische Daten sind im Internet über http://www.d-nb.de abrufbar.
ISBN 978-3-85022-301-0

Alle Rechte der Verbreitung, auch durch Film, Funk und Fernsehen, fotomechanische Wiedergabe, Tonträger, elektronische Datenträger und auszugsweisen Nachdruck, sind vorbehalten.

© 2008 novum Verlag GmbH, Neckenmarkt · Wien · München
Lektorat: Kerstin Putz
Innenabbildungen: Hein Brezina, Elfriede Brezina, Alexander Hysek
Cover-Vorderseite: Jarmila Buchtova, Cover-Rückseite: Heinz Brezina

Gedruckt in der Europäischen Union auf umweltfreundlichem, chlor- und säurefrei gebleichtem Papier.

www.novumverlag.com

Danksagungen

Ich war und bin schon mein Leben lang auf Hilfe, Unterstützung und Wohlwollen anderer Menschen angewiesen, die mir von vielen Seiten zuteil geworden ist. Von meiner Familie, meinen Freunden, von Ärzten, Therapeuten, Pflegern, meinen ehemaligen Kollegen beim Wiener Roten Kreuz, aber auch von mir völlig Fremden, die schwierige Zeiten mit mir durchgestanden haben, mir die sorgloseren versüßten und mir in Ausnahmesituationen scheinbar Unmögliches ermöglichten. Ich möchte mich an dieser Stelle bei all diesen wunderbaren Menschen bedanken, die mich auf meinem Lebensweg begleitet haben und noch begleiten und mir immer wieder aufs Neue zeigen, wie sehr es sich lohnt, selbst den ersten Schritt zu tun.

Mein besonderer Dank gilt dem Novum Verlag, der mich in meinem Vorhaben, meine Geschichte zu veröffentlichen, sehr unterstützte und mir etwas gegeben hat, das in meinem Leben schon immer der Beginn von wichtigen Veränderungen war: **eine Chance!**

Verzeichnis

Die Allee 9
Das erste Mal 10
Geliebte Mathematik 14
Nächtlicher Drang 14
Spitalsfrei 15
Die Stolzalpe 17
Das Mädchen mit Osteogenesis Imperfecta 21
Der erste Schultag im Gymnasium 22
Vorwarnung 25
„Nur eine ganz kleine Operation" 27
Fehlentscheidungen 30
Schulischer Werdegang 32
Da haben wir den Salat! 33
Erste Sehnsüchte 34
Gehen 36
Vor dem Spiegel 37
Lektion durch die Rose 38
Das Maturajahr 43
Zakynthos 45
Zeitkapsel Schule 48
Fotoseite Bild 1-3 49
Fotoseite Bild 4-6 50
Fotoseite Bild 7-9 51
Fotoseite Bild 10-12 52
Weichenstellungen 53

Weiterbildung mit Hindernissen 55
Bewerbung beim Wiener Roten Kreuz 58
Berufstätig 59
Zum ersten Mal verliebt 61
Arbeit und Schmerzen 63
Zwanzig Jahre alt 64
Ich als Lehrbeauftragte 66
Der Körper rebelliert 68
Es geht bergab 69
Auf in den Kampf 71
Warten im Wandel der Jahreszeiten 73
Hoffen und wieder warten 75
Das Netz der unbegrenzten Möglichkeiten 76
Wiederholungen gefallen nicht 77
Wie das Leben so spielt 78
Zukunftspläne 82
In Scherben 83
Halt 84
Angst 85
Besuch einer betreuten Wohngemeinschaft 87
Die Zweitmeinung 89
Grenzgängerin 90
Das Sommerhoch 91
Glücklich 92
Ein neuer Blickwinkel 93
Sommertage unter Freunden 95
Die Nacht der Sternschnuppen 97
Planänderung 98
Mit dem Winter kommen die Schmerzen 99

Meine Wohnung 100
Zerplatzte Seifenblasen 102
Alles neu 104
Unvermeidlich 105
Motivation 106
Überraschung 107
Vom Wunsch zur Wirklichkeit 108
Mach's wie Pretty Woman 109
Nicht zu stoppen 111
Aus dem Reisetagebuch 113
Von wegen Glück im Unglück 116
Ganz in Gipsweiß 117
Gefangen 118
Morgen schon 119
Weißer Hof 120
Sinnsuche 122
Spüren oder nicht spüren,
das ist hier die Frage 123
Schmerzen 124
Frühlingserwachen 125
Traumhafte Geborgenheit 126
Zurück ins Leben 127
Pension 128
Vom Schreiben 130
Alltag 131
Ein Motivationsschub der besonderen Art 132
Zufall oder Schicksal? 136
Was zählt 138
Zerbrichmeinnicht und Löwenzahn 139

Die Allee

Es war ein warmer Sommertag, an dem ich, mein luftiges Kleidchen um die Beine wippend, artig neben dem Kinderwagen herging, in dem mein Brüderchen selig schlief.
Plötzlich, nach einer Biegung, erstreckte sich eine Allee vor mir.
Gesäumt von uralten Kastanienbäumen, lag sie da, bereit, im Laufschritt erobert zu werden. Die Ermahnung meiner Mutter, nicht zu weit vorauszulaufen, ließ ich hinter mir zurück. Meine Augen waren auf ein fernes Ziel gerichtet, den Punkt, an dem sich die Baumkronen zärtlich berührten.
Meine Beine übernahmen die Kontrolle, sie liefen wie von selbst.

Mein Herz klopfte unbändig in meiner kleinen Brust.
Ich lief,
lief immer schneller,
rannte mit mir selbst um die Wette.
Jeder Anflug von Müdigkeit trieb mich noch stärker an.
Mir schien, als könne ich fliegen.
Vorbei an Gesichtern fremder Menschen,
die mir lächelnd entgegenkamen,
vorbei an Bäumen und Sträuchern,
die ich in meiner Eile nicht zu zählen vermochte.
Ich lief der Zukunft davon, der Abhängigkeit,
der Sehnsucht nach Freiheit, die schon bald meine ständigen Begleiter
werden sollten.
Mein kleines, fünfjähriges Ich lief an jenem herrlichen Sommertag einfach
seine Allee entlang, an deren Ende es erschöpft, aber überglücklich
stehen blieb.

Das „erste Mal"
(September 1984)

Putzmunter sprang ich um neun Uhr abends noch auf meinem Bett herum. Es gefiel mir, die Federn meiner Matratze bei jedem Sprung quietschen zu hören und mich dann mit voller Wucht auf meine weiche Federdecke fallen zu lassen. Dass ich meinen kleinen Bruder, der im Nebenzimmer schlief, stören könnte, wollte mir nicht einleuchten. Plötzlich kam mir eine Idee. Ich hatte Bella nicht dabei, meine Lieblingspuppe. Mit ihr gemeinsam wollte ich noch den letzten Sprung vollführen, bevor ich wirklich Ärger bekam. Wo war sie denn nur?

Ich stellte mir vor, mein Bett wäre eine winzige Insel inmitten eines großen, gefährlichen Meeres. Mit einem imaginären Fernglas in Händen suchte ich von meinem Ausguck aus meine Umgebung ab. Mein Blick schweifte über einen chaotischen Schreibtisch, auf dem sich mehrere Malbücher, haufenweise Buntstifte und angebrochene Ölkreiden ein Stelldichein gaben, und überflog eine riesige Truhe, auf der ein Radio und zwei Stapel Hörspielkassetten lagen, die von einem grauen Kuschelhund mit traurigen Augen und rosa Schleife zwischen den Ohren bewacht wurden. Ein Schwenk nach rechts zeigte mir eine große, rote Schultasche – mein ganzer Stolz – die auch schon für den kommenden Schultag gepackt worden war. Wo war sie nur abgeblieben, meine Bella? Plötzlich fiel mir ein, dass meine Insel ja auf einer Höhle stand, aus der, siehe da, eine knallrote Haarsträhne hervorlugte. Ah, da war sie also, die kleine Ausreißerin! Ich legte mein Fernglas zur Seite und mich auf den Bauch und rutschte so Stück um Stück dem tosenden Abgrund entgegen. Ich würde Bella retten und dabei auf gar keinen Fall ins Wasser fallen, schließlich konnte ich ja noch nicht schwimmen. Ganz flach gegen den weichen Inselboden gepresst arbeiteten sich meine Finger vorwärts, doch sehen konnte ich Bella nicht, ich musste erahnen, wo sie lag. Jeden Augenblick erwartete ich, mit meinen Fingerspitzen ihre Haare berühren zu können. Ein kleines Stückchen noch und ich würde sie retten können ...

PLUMPS!

Es war kein sehr hohes Bett, und trotzdem durchzuckte mich ein irrsinniger Schmerz, als mein Knie den Boden berührte. Die sichere Insel war mit einem Schlag verschwunden und das tiefe Meer wurde wieder zu dem braunen Filzboden, der in meinem Kinderzimmer verlegt war. Seltsam, was hatte da so gekracht? Ich versuchte wieder aufzustehen, doch es ging nicht. Mein Bein schien wie festgeklebt zu sein.

„Mamaaaaaaaaaa", rief ich mit zittriger Stimme. „Mama, es tut so weh! Ich wollte mir nur meine Puppe holen, da bin ich aus dem Bett gerutscht, und jetzt kann ich nicht mehr aufstehen", klagte ich. Mein Herz schlug wie wild.

Meine Mutter kniete sich neben mich, betastete mein Bein und meinte: „Ganz ruhig, komm, ich helf' dir wieder rauf." Bei dem Gedanken, mich bewegen zu müssen, brach mir der pure Angstschweiß aus und ich begann am ganzen Körper zu zittern. Mit einem kurzen Ruck lag ich wieder im Bett; es war zu schnell gegangen, um mich auf den Schmerz konzentrieren zu können.

„Komm, lass das Bein aus, ich halt's dir", versuchte mich meine Mutter zu überreden. Ganz langsam begann sie, ihre Hände als Stütze verwendend, Radfahrbewegungen zu machen. „Schau, es geht ja. Du bist nur schlecht aufgekommen."

Plötzlich durchfuhr mich ein noch viel schlimmerer Schmerz – es dauerte nur den Bruchteil einer Sekunde, bis ich das Geräusch von zerreißendem Papier mit dem Brennen in meinem Bein in Verbindung gebracht hatte. Mitten in der Bewegung hatte meine Mutter innegehalten und versuchte nun, mein Bein behutsam aufs Bett zu legen. Ich konnte fühlen, wie die beiden abgebrochenen Enden des Knochens wie Mahlzähne aneinander rieben. Weiße Flammen unsagbaren Schmerzes fuhren in regelmäßigen Abständen durch meinen kleinen Körper, ließen meine Muskeln zucken, wenn ich versuchte mich zu entspannen. Obwohl ich erst sieben Jahre alt war, kam mir in diesem Moment das erste Mal der Gedanke, sterben zu wollen. Nie wieder wollte ich solche Höllenqualen durchmachen. Wie durch eine Wand aus Watte hörte ich meine Mutter, die gerade in unnatürlich ruhigem Ton meinem Vater die Anweisung gab, die Rettung zu rufen.

„Mickey Maus, tut's sehr weh?", fragte er mich besorgt, doch alles, was ich herausbrachte, war ein klägliches: „Ich hab so Angst." So einsam hatte ich mich noch nie zuvor gefühlt. Niemand würde mir diese Schmerzen abnehmen. Ganz allein musste ich da durch. Bei dem Gedanken, wieder bewegt werden zu müssen, durchfuhr mich rasende Panik.

Dafür, dass mein Vater erst auf der Gasse eine Telefonzelle suchen musste, weil unser Vierteltelefon dauerbesetzt war, kam die Rettungsmannschaft sehr schnell. Ich wurde, so sanft es nur ging, auf die Trage gelegt und obwohl alle bemüht waren, mir keine zusätzlichen Schmerzen zuzufügen, schrie ich so laut, dass es im ganzen Haus widerhallte. Der einzige Gedanke, der mich während der ganzen Fahrt ins Krankenhaus beschäftigte, war die Angst vor weiteren Schmerzen.

Dort angekommen hatte ich vom vielen Schreien gar keine Kraft mehr. Ich konnte nur noch wimmern. Wimmern, als man mich umbettete, wimmern, als ich die eiskalten Platten untergeschoben bekam, um Röntgenaufnahmen machen zu können, und zittern, als ich endlich auf der Kinderstation lag und nicht einschlafen konnte. Der Oberschenkel wäre, wie man meiner geschockten Mutter erklärt hatte, kompliziert gebrochen und müsse am nächsten Vormittag in einer Operation eingerichtet und mit einer Extension versorgt werden. In dieser Nacht lag ich in einem großen Krankenzimmer gemeinsam mit fünf anderen Kindern, die sich über mein Weinen beschweren, und fühlte mich jämmerlich. Nur ein kleiner Junge etwa meines Alters kam an mein Bett, streichelte mir über den Kopf und deckte meine kalten Zehen zu. Ich war völlig überrascht, denn eine so tröstliche Geste hätte ich nie von einem gleichaltrigen Kind erwartet. Er fragte mich flüsternd, was mir passiert sei, worauf ich weinend antwortete, dass ich einfach nur aus dem Bett gefallen sei und mir dabei das Bein gebrochen hätte. Er wollte noch etwas sagen, aber ein böses Zischen von gegenüber beendete abrupt unser geflüstertes Gespräch.

Am nächsten Tag zu Mittag wachte ich mit einem ganz eigenartigen Gestell an meinem Bett wieder auf. Ein Nagel durchbohrte mein Knie und Gewichte setzten mein Bein unter Zug, um den Bruch gerade zusammenheilen zu lassen. Vier Wochen musste ich so ausharren, bis mir ein Liegegips verpasst wurde, mit dem ich für einen Monat nach Hause entlassen wurde. Als ich nach insgesamt zwei Monaten unter der Anleitung einer Physiotherapeutin endlich wieder aufstehen durfte, bemerkte sie mit Verwunderung, dass mein frisch verheiltes Bein um einige Zentimeter kürzer war als das andere und ein seltsamer Knick oberhalb des Knies mein Bein verunstaltete.

Bald wurde festgestellt, dass meine Knochen viel zu porös waren, ja so wenig Dichte hatten wie die einer alten Frau mit Osteoporose. Dass irgendetwas mit mir nicht stimmen konnte, hatte sich zwar schon ein Jahr zuvor angekündigt – ich hatte immer öfter über Schmerzen beim Gehen geklagt und war das eine Stockwerk zu unserer Wohnung nur mehr langsam und mich am Geländer anhaltend hinaufgestiegen –, aber die Ärzte, die meine Eltern konsultiert hatten, waren außerstande gewesen, schlüssige Auskünfte zu geben. Außer einer Verordnung für Schuheinlagen, weil ich angeblich Plattfüße hätte, war nichts dabei herausgekommen.

Mit diesem ersten gebrochenen Oberschenkel brach eine neue Zeit für mich an. Um mein gerade erst verheiltes Bein zu schonen, musste ich ab sofort auf Krücken gehen. Anfangs fand ich es ganz witzig mit diesen zwei Verlängerungsarmen herumzulaufen, doch nach und nach, als hätte man mir tröpfchenweise Gift eingeflößt, wurde mir bewusst, dass es vorbei war mit wildem Hüpfen und sorglosem Herumtollen. Ständig hörte ich Ermahnungen wie: „Evi, sei vorsichtig! Nicht so schnell! Achtung, pass auf, wo du die Krücken hinstellst!" Es umgab mich mit einem Mal eine Aura der Vorsicht. Die Menschen rund um mich begannen mich zu behandeln, als wäre ich eine zerbrechliche Puppe – was ich in gewisser Hinsicht ja war, auch wenn es mir nicht gefiel. Immer öfter brachen ein Bein oder beide gleichzeitig, ein Arm oder beide auf einmal, meine Finger und sogar meine Rippen. Wurde ein so einschneidendes Ereignis zu Beginn noch durch einen Sturz verursacht, genügte bald ein falscher Griff, ein kindlicher Wutausbruch oder eine unachtsame Bewegung, und schon war ich wieder eingegipst …

Geliebte Mathematik
(Mai 1985)

Mit den Zähnen knirschend und auf meine Lippen beißend saß ich vor einer Zapfenrechnung, die sich mir beharrlich verweigerte. Missmutig und entnervt wollte ich meinen Bleistift auf den Tisch knallen, ich übersah dabei allerdings ein kleines Detail: Die Tischkante, die von meinem Arm früher getroffen wurde als von meinem angekauten Bleistift. KNACKS! Fünf Stunden später saß ich wieder zu Hause, mein rechter Unterarm war eingegipst worden und ich wähnte mich von der lästigen Hausaufgabe befreit. OH NEIN, das konnte doch nicht wahr sein! Als meine Mutter ihre Schreibmaschine vor mich auf den Tisch stellte, sagte sie schmunzelnd: „Aber nicht zu fest auf die Tasten schlagen, hörst! Sonst brechen dir auch noch die Finger!"

Nächtlicher Drang
(Oktober 1985; ein Sonntag; 22.00 Uhr)

Ich war schon immer ein Nachtmensch. Kaum ging die Sonne unter, wurde ich aktiv. Vor dem Schlafengehen hatte ich noch ein Glas Saft getrunken, dessen Inhalt recht bald auf natürlichem Wege wieder nach draußen drängte. Das versetzte mich in die unangenehme Lage, noch einmal aufstehen zu müssen. Da ich mit meinen Krücken aber um diese Uhrzeit nicht mehr besonders sicher unterwegs war und normalerweise eine Begleitung gebraucht hätte, entschloss ich mich, den „Gang" zur Toilette einfach auf meinem Allerwertesten rutschend zu absolvieren. Ich rutschte also auf meinem Hosenboden zur Toilette, zog mich hoch, drehte mich um und setzte mich, als plötzlich ein lautes Geräusch zu hören war. Ich erschrak furchtbar und den Bruchteil einer Sekunde später erfasste mein Gehirn, dass ich dieses Geräusch verursacht hatte. Mein linker Oberschenkel war beim Hinsetzen oberhalb des Knies abgebrochen. Ich sah meine Mutter zur Tür hereinkommen und hörte sie fragen:

„Sag einmal, was hast du mit dem Klodeckel aufgeführt? Ist der zerbrochen?" Sie hatte ein lautes Krachen gehört und sich gewundert, woher es gekommen war.

Erst nachdem ich sie mit einem kläglich klingenden „Das war nicht das Klobrett, das war mein Bein" über den wahren Sachverhalt aufgeklärt hatte, setzten die Schmerzen ein. Bis dahin hatte ich den Eindruck, alles nur von außen beobachtet zu haben.

Bei aller Tragik dieses Zwischenfalls hatte die Wahl des Unfallortes wenigstens etwas Gutes an sich, denn bis zum Eintreffen der Rettungsmannschaft konnte ich mich ungehindert und ohne erst schmerzvoll bewegt zu werden erleichtern. Dazu war ich bei all der Aufregung bisher noch nicht gekommen.

Spitalsfrei

Die vier Jahre meiner Volksschulzeit verbrachte ich zur Hälfte im Kinderkrankenhaus oder im Gips zu Hause. Solange ich noch mit Krücken gehen konnte, begleitete mich meine Mutter mit einem übergroßen Kinderbuggy auf meinem Schulweg (für den Fall, dass ich ermüdete). Anfangs fand ich es ja noch ganz toll nach den langen Liegephasen endlich, wenn auch mit Krücken, wieder gehen zu können. Als mein Schulweg aber immer beschwerlicher wurde, begann ich den Vorzug, chauffiert zu werden, durchaus zu schätzen. Dort angekommen stieg ich aus meinem Gefährt aus und mühte mich in den ersten Stock hinauf. Später wurde unser Schulwart damit beauftragt, mich morgens und mittags rauf- und wieder runterzutragen.

Ich ging unglaublich gerne zur Schule und war, was das Lernen betraf, genauso wissbegierig oder auch faul wie alle anderen Kinder. Leider häuften sich meine Ausfallstage immer mehr und ich musste mein Pensum zu Hause erledigen, wo ich aber viel lieber mit meinem Bruder spielte. Der Arme hatte es in dieser Zeit nicht leicht. War ich im Krankenhaus und meine Mutter bei mir, musste er länger im Kindergarten bleiben, bis ihn mein Vater nach der Arbeit abholen konnte. War ich jedoch zu Hause, benötigte ich viel Pflege und Aufmerksamkeit, denn so ein Kind, das den ganzen Tag zur Bewegungslosigkeit verdammt ist, will schon beschäftigt werden. Die Zeit, die wir allerdings gemeinsam verbrachten, ist mir in schöner Erinnerung geblieben. Ich wurde mit meinem gerade aktuellen Gipsbein oder Arm auf den Boden gelegt, mit Polstern gut gelagert, und so verjagten wir gemeinsam das fluoreszierende Burggespenst aus Stefans Playmobil-Ritterburg, lieferten uns Piratenschlachten auf hoher See oder befreiten schreiende Menschen aus brennenden Häusern mit der ausfahrbaren Leiter seines Feuerwehrautos.

Kurz vor Abschluss meiner Volksschulzeit wurde ich im Mai 1987 jäh aus meiner gewohnten Umgebung gerissen, denn in dem Krankenhaus, in dem ich bisher behandelt worden war, konnte man mir nicht mehr ausreichend helfen. Mittlerweile saß ich im Rollstuhl, hatte an meinem linken Knie operiert werden müssen und einen Gipsarm hatte ich auch schon wieder! So entschieden sich meine Eltern für eine Klinik, die auf orthopädische Fälle spezialisiert war. Einziger Haken: Sie befand sich in der vier Stunden Autofahrt entfernten Steiermark – auf der Stolzalpe!

Die Stolzalpe
(Mai–Juni 1987)

Mitten im Wald, auf 1200 Metern Seehöhe lag das Krankenhaus, das unter dem Namen „Die Alm" meine Zeitrechnung für viele Jahre maßgeblich beeinflussen sollte. Von außen sah das Gebäude wie ein modernes Hotel aus. Jedes der drei Stockwerke hatte durchgehende Balkone, die sogar ein wenig Urlaubsflair aufkommen ließen. Im Inneren musste man zuerst die Ambulanz durchqueren, ein in Grün gehaltener Bereich, in dessen Zentrum zur Beruhigung von Eltern und Kindern ein großes Aquarium stand. Danach befand man sich vor einem Stiegenaufgang wie aus dem Film „Vom Winde verweht", nur der rote Samtteppich fehlte. Ehrfurchtsvoll in den ersten Stock zu schreiten war mir des Rollstuhls wegen nicht möglich, so wurde ich von einem nüchternen, in Chrom gehaltenen Bettenaufzug in null Komma nichts emporgehoben. Oben angekommen befand man sich in einem breiten Gang mit hohen Holztüren zu beiden Seiten, von denen teilweise die weiße Farbe abblätterte. Drehte man den Kopf nach rechts, sah man eine uralte Sitzwaage am Ende des Ganges stehen. Dass sie nicht nur zur Zierde dastand, erfuhr ich keine zehn Minuten später – ich wog 29 Kilogramm. Nach links erstreckte sich der Gang bis zu einer geöffneten Glastüre, deren grüne Umrandung einen starken Farbkontrast zu dem ungemütlichen Weiß ringsum bildete. Das einzige Zeichen dafür, dass es hier auch irgendwo Kinder geben musste, war ein überdimensionales Holzbild von Grimms „Bremer Stadtmusikanten."

Von einer freundlichen Pflegerin wurde ich in ein Achtbettzimmer gebracht, wo ich von etlichen Augenpaaren mit neugierigen Blicken auf meine zukünftige Tauglichkeit geprüft wurde. Würde ich mich gut in ihre Gruppe einfügen? Würde man Spaß mit mir haben können? Würde ich schnarchen oder gar mitten in der Nacht nach der Schwester schreien? (Klingeln gab es noch lange keine!) Alles Fragen von maßgeblicher Bedeutung für das Funktionieren eines Zimmers, denn schließlich stellte man eine vereinte Front gegen die Widersacher in Weißkitteln dar. Dieses Prozedere kannte ich gut und mochte es im Prinzip auch ganz gerne, allerdings nur dann, wenn nicht ich der Neuankömmling war.

Von diesem wie jedem anderen Krankenzimmer im Haus hatte man eine fantastische Aussicht auf die Berge gegenüber. Am Balkon lagen oder saßen einige Kinder in ihren Betten und ließen es sich scheinbar gut gehen. So hatte es in dem vorigen Spital nicht ausgesehen – dort war es schon ein Ereignis gewesen, wenn ein Fenster geöffnet wurde –, aber noch war ich mir nicht sicher, ob es mir hier gefallen würde. Man hatte mir ein altes Metallbett auf Rädern direkt neben den Spinden zugewiesen – nur die „alten Hasen" bekamen die Fensterplätze. Wurde ein Patient entlassen, rückten die anderen automatisch auf. Ich würde es schon noch in Richtung Licht schaffen, dessen war ich mir sicher, zu ungenau war die Frage nach meiner Aufenthaltsdauer beantwortet worden.

Da ich auf den Beinen sehr schwach und auch mein Arm noch nicht richtig stabil war, musste ein Weg gefunden werden, wie ich trotzdem aufstehen und meine Knochen belasten konnte. Ich bekam eine Schale aus Hartplastik angepasst, die mir von den Fersen bis über den Rücken reichte. Sobald ich hineingelegt worden war, wurde sie mit einer Brustplatte und elastischen Bandagen an mich angebunden. Komplett steif ähnelte ich beim Gehen einem Ritter in seiner eisernen Rüstung. Damit ich nicht umfiel, bekam ich ein Gehgestell, das ich vor mir herschieben musste.

Die Vormittage verbrachte ich in der Krankenhausschule. Es gab keine Ausnahme, nicht einmal für Bettlägerige. (Außer man war in Narkose oder von selbiger noch so grün im Gesicht, dass man ohne Nierentasse keine Minute auskam.) Die Klassenzimmer befanden sich jenseits der Glastüre und waren jeden Morgen vollbesetzt. So gerne ich zu Hause zur Schule gegangen war, so sehr hasste ich es hier. Schließlich war ich in diesem Krankenhaus, um wieder gehen zu lernen und nicht wegen Mathematik, Deutsch oder Geografie!

Nach vier Wochen wurde ich mitsamt meiner neuen Gehhilfe und einer Sitzschale, die man am Rollstuhl befestigen musste (denn mein Rücken sollte auch im Sitzen gestützt werden), nach Hause entlassen. Im September reiste ich mit großem Gepäck erneut an, ich sollte daran arbeiten, den Rollstuhl nun wieder loszuwerden.

Mein Tagesablauf war diesmal mit Schule, Gehtraining, Physio- und Unterwassertherapie so vollgepackt, dass ich bald zu streiken begann. Erst nachdem ich bei meinen Eltern Protest eingelegt hatte, wurde darauf geachtet, mich nicht zu überfordern, von der Schule drücken –, wie ich es gehofft hatte, konnte ich mich aber nicht. Trotzdem gefiel es mir ganz gut, denn im Gegensatz zu meinen bisherigen Erfahrungen, war ich hier vergleichsweise autonom. Schon allein der Umstand, dass ich selbstständig aus dem Bett in meinen Rollstuhl überwechseln konnte, erlaubte mir ein neues Maß an Freiheit. Morgens, wenn alle, die aufstehen konnten, von den Schwestern überwacht ins Bad pilgerten, defilierten wir mit gesenktem Kopf, aber doch neugierigem Blick an den Kindern vorbei, die es heute „erwischen" sollte. Bett an Bett stand aufgereiht am Gang, darin die in weiße Kittel gekleideten, mit grünen Netzhäubchen auf ihren Köpfen versehenen OP-Aspiranten. Ich fuhr mit einem flauen Gefühl im Magen an ihnen vorbei, nur zu gut ahnte ich, was in ihnen vorging. Es kam mir vor wie in einem Schlachtbetrieb, denn in halbstündigem Takt läutete das Telefon, eine Schwester klemmte sich die passenden Patientenunterlagen unter den Arm und fuhr mit dem schläfrig Wartenden ins Erdgeschoss, wo sich die Operationssäle befanden. So wurde die Warteschlange nach und nach kürzer, und wenn wir „anderen" mittags von der Schule kamen, hatte sich der Gang geleert und nichts erinnerte mehr an die Spitalsatmosphäre vom Morgen.

Abends, wenn es galt Rollstuhlwettrennen zu veranstalten und das große Haus im Kreise anderer Rabauken unsicher zu machen, hatte ich keine Lust meine Nase in Bücher zu stecken. Ich lernte einen zwei Jahre älteren Jungen kennen, der ebenfalls im Rollstuhl saß, aber aufgrund seiner Querschnittslähmung nicht darauf hoffen durfte, je wieder gehen zu können. Wir trafen uns in den leeren Klassenräumen, plauderten, hörten Musik (Modern Talking – seine Wahl!) und tanzten in unseren Rollstühlen dazu im Takt. Hans-Peter war „Dauergast" auf der Kinderstation – bis auf wenige Wochen im Sommer musste er das ganze Jahr über, seine gesamte

Schulpflicht hindurch, auf der Stolzalpe bleiben. Deshalb war er ein angenehmer Fixpunkt in der „Fremde". Dass es ihm mit mir ähnlich ergangen war, merkte ich später an seinen Briefen, denn die meisten der Kinder waren nicht länger als ein paar Wochen da, lange genug, um Freundschaften zu schließen, aber nicht ausreichend, um sie auch zu halten.

Trotz aller Ablenkung übermannten mich immer wieder Einsamkeit und Heimweh – meine Eltern und mein Bruder fehlten mir sehr. Wollte ich mit ihnen sprechen, musste ich erst um Erlaubnis fragen, telefonieren zu dürfen. Viele Entlassungssamstage, an denen wieder eine neu entstandene Freundschaft zerrissen wurde, die Gänge sich leerten, die Krankenschwestern sich um die Bettlägerigen kümmerten und ich allein in meinem Rollstuhl dahinrollte, fragte ich mich, warum ausgerechnet meine Knochen so brüchig waren. Ich hatte es so satt, ständig auf mich Acht geben zu müssen. Auf meinen Rundfahrten zogen mich die alten Schwarzweißfotografien, die das Krankenhaus zur Zeit seiner Gründung zeigten, magisch an. Oft blieb ich minutenlang vor ihnen stehen und starrte auf die Vergangenheit. Ich stellte mir vor, dass es damals auch Kinder gegeben haben musste, die sich einsam gefühlt und sich genauso die Frage nach dem Warum gestellt hatten wie ich. Warum musste ich erst mühsam wieder lernen, meine Angst vor so alltäglichen Dingen abzubauen wie aufrecht zu stehen oder einen Fuß vor den anderen zu setzen? Es kostete mich Überwindung, beim Gehen nicht ständig auf den Boden zu schauen, aus Angst davor, über etwas zu stolpern. Ich sollte meinen Körper kräftigen und gleichzeitig lernen, ihm wieder mehr zu vertrauen. Die zerbrechliche Aura, die mich auch hier umgab und die bewusst aufrechterhalten wurde, vereinfachte die Sache nicht gerade. Ich wurde geschützt und gleichzeitig dadurch isoliert.

Die Zeit verging und aus einem Herbst in den Bergen wurde Winter. Die grüne Landschaft vor den Fenstern verwandelte sich in eine verzauberte Welt aus weißem Glitzer, die ich als Stadtkind noch nie so schön gesehen hatte. Am Balkon liegend beobachtete ich die riesigen Schneeflocken, die hypnotisch vom Himmel fielen. Das Hintergrundgeräusch der entfernten Autobahn, das durch den dicken Schneevorhang viel leiser war als sonst, brummte mich in den

Nachmittagsschlaf. Die allwöchentliche Chefvisite löste regelmäßig Hektik aus. Ein aufgeregtes Flüstern lief von Zimmer zu Zimmer und schnell wurde aufgeräumt, was unordentlich schien. Man konnte die Spannung beinahe knistern hören, wenn der Chefarzt mit seinem Gefolge von Bett zu Bett schritt, um den Therapieerfolg aller Patienten zu begutachten. Jede Woche musste ich einen Parademarsch hinlegen, die Blicke meiner sichtlich nervösen Therapeutin dabei im Rücken. Langsam breitete sich ein zufriedenes Lächeln auf dem Gesicht meines selbst erkorenen Richters aus. Für ein lobendes Wort gab ich mein Bestes, auch wenn ich danach erschöpft und zitternd in meinem Bett lag und hoffte, bald gut genug zu sein, um wieder nach Hause zu dürfen.

Das Mädchen mit Osteogenesis Imperfecta

Sandra war vierzehn Jahre alt und genau wie ich für ihr Alter viel zu klein – sie maß gerade einmal einen Meter. Ihre Arme waren wie Frühstückskipferl verbogen, trotzdem schwang sie sich flott und sicher auf ihren Achselstützkrücken durch die Gegend. Es hieß, sie hätte eine Erkrankung, die ihre Knochen nicht nur brüchig werden ließ, sondern auch verformte. Obwohl ich einige Jahre jünger war, verstanden wir uns auf Anhieb und bei unserer gemeinsamen Schwimmtherapie lieferten wir uns heiße Duelle, die ich immer verlor. Dass wir an der gleichen Knochenerkrankung litten, fanden wir heraus, als wir unsere Krankenblätter verglichen, die vor den Visiten an unsere Betten geklemmt worden waren. Dort stand: Osteogenesis Imperfecta. Seltsam, diese Diagnose kannte ich noch gar nicht. Ich hatte einen anderen lateinischen Namen im Gedächtnis. Wieso war ich dann größer (1,20 m) und hatte nur vergleichsweise leicht verkrümmte Arme und Beine und tat mir trotzdem beim Gehen so schwer? Sie erzählte mir von den zahlreichen Operationen, die sie hinter sich gebracht hatte, um ihre Gehfähigkeit zu erhalten. Mir gruselte bei der Vorstellung, dass mir Ähnliches bevorstehen könnte. Nein, mir würde es nicht so ergehen, davon war ich überzeugt. Schon bald würde ich den Rollstuhl nicht mehr brauchen und wachsen würde ich auch noch! Wofür hätte ich mich sonst monatelang abgemüht?

Es sah ja auch richtig gut aus! Meiner Ritterrüstung waren Gelenke an Hüften und Knien eingesetzt worden, sodass ich endlich selbst aufstehen und mich setzen konnte. Anfangs war ich noch sehr unsicher, aber mit der Zeit lernte ich sogar Treppensteigen. Als mich meine Eltern kurz nach dem Nikolaustag nach Hause holen durften, war ich für kurze Strecken wieder flott auf meinen geschienten Beinen unterwegs und hatte keinen Zweifel daran, dass es von nun an nur mehr aufwärts gehen würde.

Der erste Schultag im Gymnasium
(Februar 1988)

Kaum von meinem langen Rehabilitationsaufenthalt zurück, stürzte ich während einer Spazierfahrt aus dem Rollstuhl und wieder war ein Oberschenkel gebrochen. Ich war total am Boden zerstört. Wofür hatte ich mich denn so angestrengt, wenn ich meine „Ritterrüstung" jetzt wie einen leeren Kokon in der Zimmerecke stehen lassen musste? Auch meinen Antritt in der neuen Schule, dem Bundesrealgymnasium Glasergasse, musste ich auf später verschieben. Dabei hatte ich großes Glück, überhaupt in diese Schule gehen zu dürfen, denn es war keine Selbstverständlichkeit, dass ich, als einzige gehbehinderte und noch dazu hochgradig zerbrechliche Schülerin, in einer „normalen" Schule ohne Aufzug angenommen wurde. Gott sei Dank sprach mein Abgangszeugnis aus der Volksschule für meinen gesunden Verstand und der verständnisvolle Direktor gab mir eine Chance.

Ich war schrecklich nervös. Nicht nur die neue Umgebung, sondern etwas viel Schlimmeres ängstigte mich: das Vorhaus der Schule! Ein Ort des absoluten Grauens – ein Stiegenaufgang mit vierzehn Stufen! Jede einzelne, die mich meine Mutter im Rollstuhl sitzend hinaufzog, zählte ich mit geschlossenen Augen. So über dem Abgrund zu schwanken war, als würde man Stück für Stück der Sicherheit des ebenen Bodens entzogen. Ich musste völlig die Kontrolle über mein Wohlergehen abgeben, was große Überwindung kostete, aber auch viel Vertrauen erforderte. Acht Jahre lang war ich für jeden einzelnen Schultag, an dem ich dieses Treppenhaus – manchmal auch mehrmals täglich – heil hinter mich gebracht hatte, unglaublich dankbar.

Ein großes, altes Stiegenhaus führte in die oberen Stockwerke, meine Klasse jedoch war aus Rücksicht auf meine Situation im Erdgeschoss einquartiert worden. Es hatte schon zur Stunde geläutet. Die Stille in diesem Gebäude voller Menschen war beinahe gespenstisch. Mir wäre es lieber gewesen, im Trubel der Pause anzukommen, mein neuer Klassenvorstand aber meinte, es wäre sicherer, etwas später einzutreffen, so würde ich keinen rennenden und unachtsamen Schülerhorden vor die Füße geraten. Dreißig Köpfe drehten sich gleichzeitig in meine Richtung, als mich meine Mutter durch die Tür schob. Wo sollte ich hinschauen? Wer lächelte freundlich? Was würde jetzt von mir erwartet? Würde ich mich vorstellen müssen? Wo würde ich sitzen? Fragen über Fragen schossen mir durch den Kopf, als mir Frau Professor S. mit ausgestreckter Hand entgegenkam, um mich willkommen zu heißen. Jeden meiner neuen Mitschüler hieß sie aufstehen und mir seinen oder ihren Namen nennen, während ich inständig hoffte, sie mir nicht alle auf einmal merken zu müssen.

Nachdem diese militärisch anmutende Prozedur überstanden war, wurde ich zu meinem Platz in der dritten Reihe bugsiert. Während dieser ersten Stunde, in der meine Mutter draußen wartete, wofür ich ihr sehr dankbar war – ich fiel so schon genug auf –, hatte ich ein wenig Gelegenheit, mich umzusehen. Der Unterricht wurde zu meiner großen Erleichterung weitergeführt, so als ob gerade eben nichts Außergewöhnliches geschehen wäre. Meine Sitznachbarin war ein nettes, dunkelhaariges Mädchen, das gleich anbot, mich in ihrem Geografiebuch mitlesen zu lassen. Vereinzelt erkannte ich Gesichter aus Kindergarten und Volksschule, aber näher kannte ich niemanden. Die Professorin war eine durchschnittlich große, schlanke Frau mittleren Alters, deren kräftige, leicht tief klingende Stimme mütterliche Sorge mit der notwendigen Strenge einer erfahrenen Lehrerin verband. Sie war sehr bemüht, mich in Ruhe eingewöhnen zu lassen und mich gleichzeitig in den Unterricht zu integrieren. Die Klasse nahm gerade diverse Erdformationen durch, wozu Dias gezeigt wurden. Ich konnte mich kaum darauf konzentrieren, vielmehr hatte ich Höllenangst davor, gleich in der ersten Stunde etwas gefragt zu werden, das ich nicht wusste.

Trotz der Bemühungen seitens aller Professoren, mir das Eingewöhnen zu erleichtern, kam ich mir anfangs wie eine Außerirdische vor. In den Pausen durfte ich die Klasse nicht verlassen, weil in dem Trubel am Gang etwas passieren könnte. So saß ich allein in der Klasse und sehnte mich danach, normal zu sein. Das soziale Leben spielte sich eben nicht im Klassenzimmer, sondern im Hof oder auf den Gängen ab. Wieder war sie da, diese unsichtbare Mauer, die kaum einer zu durchbrechen wagte. Zum ersten Mal in meinem Leben fühlte ich mich richtig behindert. In der Volksschule hatte ich noch gedacht, ich wäre krank und das würde sich wieder bessern. Auf der Stolzalpe war ich eine unter vielen, die mit den Unzulänglichkeiten ihres Körpers zu kämpfen hatte, aber hier war ich eine Ausnahme. Ich war kleiner als alle anderen und ich war zerbrechlich, das schien Angst zu machen. Nicht daran gewöhnt, gemieden zu werden, wäre ich so manchen Tag lieber zu Hause geblieben. Selbst wenn die anfängliche Beklemmung meinerseits und die Berührungsängste meiner Klassenkameraden und auch mancher Professoren mit der Zeit langsam abebbten, gänzlich verschwanden sie in den folgenden acht Jahren nie. Meine vielen Fehlstunden waren gerne Anlass für Spekulationen, ob man mich nicht doch bevorzuge oder mir aus Mitleid so manche fehlende Hausübung nachsehe. So war in meinem Hinterkopf immer der Gedanke, beweisen zu müssen, dass ich mein Weiterkommen von Jahrgang zu Jahrgang auch tatsächlich verdiente.

Vorwarnung
(August/September 1989)

Gerade den letzten juckenden Gips losgeworden, wartete die Stolzalpe erneut auf mich. Ich wollte gar nicht hin! Die Beinschienen konnte ich nicht mehr sehen – das Gehen war so frustrierend anstrengend geworden, weil kaum, dass ich mich etwas besser bewegen konnte, schon wieder ein Knochen brach.

Eines Nachmittags wurde ich vom Stationsarzt in sein Dienstzimmer zitiert:

„Ich muss etwas Wichtiges mit dir besprechen", fing er unsere Unterhaltung an. Nicht Schlimmes ahnend, platzierte ich meinen Rollstuhl gegenüber seinem Sessel.

„Ja, was gibt's für Neuigkeiten?", fragte ich fröhlich.

„Ich weiß, dass das, was du gleich hören wirst, schlimm für dich sein wird, aber ich möchte, dass du verstehst, warum es sein muss."

Es? Ich verstand nicht. Was hatte das zu bedeuten?

„Dass dir dein Bein während deiner Therapie abgebrochen ist, also während du versucht hast kräftiger zu werden, macht uns große Sorgen. Das ist gar nicht gut. Deshalb haben der Professor und ich beschlossen, dir nächstes Jahr, wenn du im Sommer wieder da bist, Metallstäbe in deine Oberschenkel einzusetzen, damit sie nicht mehr brechen können."

Ich schaute Dr. K. erschrocken an.

„Muss ich operiert werden?", fragte ich, nur um sicher zu gehen, dass ich richtig verstanden hatte. Schon stahlen sich die ersten Tränen in meine Augen.

„Ja, es geht nicht anders, oder willst du dir weiter die Beine brechen und immer wieder die Schmerzen und den Gips aushalten müssen?"

„Nein, aber warum geht es denn nicht auch ohne Operation?"

„Es wird nur eine ganz kleine sein. Wir schneiden dich da oben", er zeigte auf meinen rechten Oberschenkelhals, „ein kleines Stückerl auf und schieben den Metallstab einfach in deinen Knochen."

„Bekomm ich dann wieder einen Gips?", fragte ich besorgt. Ich wollte, wenn ich schon operiert werden musste, nicht auch noch im Gips liegen müssen.

„Ja, aber nicht lange. Dein Knochen muss sich nur wieder schließen und dann darfst du auch schon aufstehen."

Mittlerweile rannen mir die Tränen ungehindert über die Wangen. Ich spürte drohendes Unheil auf mich zukommen und wollte es partout nicht wahrhaben.

„Soll ich dir ein Leintuch bringen oder genügt dir ein Taschentuch?", versuchte Dr. K. die Situation etwas zu entschärfen. Mein Heulen war mir peinlich genug, deshalb bemühte ich mich, mit dem angebotenen Taschentuch alle Tränen wegzuwischen und lächelte ihm tapfer entgegen.

„Sie versprechen mir, dass es keine schlimme Operation ist?", hakte ich nach, denn ich wollte etwas haben, worauf ich ihn in einem Jahr würde festnageln können.

„Ich verspreche dir, es wird keine große Sache. Wir werden zuerst das eine Bein machen und dann nach zwei Wochen das andere. Du wirst sehen, es geht alles ganz schnell."

Was? Zwei Operationen? Ich hatte doch gewusst, dass da ein Haken dran war. Ich schluckte schwer.

„Noch eine Operation? Kann die denn nicht warten, bis übernächsten Sommer?"

„Schau, das wäre nicht vernünftig, oder willst du, dass ein Bein jederzeit brechen könnte, während du gehen übst?"

„Nein, aber ..."

„So! Versuch dich jetzt erst mal zu beruhigen. Verdau, was ich dir gerade gesagt hab und wenn du noch was wissen willst, kannst mich ja jederzeit fragen, o. k.?"

„Ja", schluchzte ich. Es blieb mir wohl nichts anderes übrig, als mich mit der Situation abzufinden. Schließlich hatte ich ja noch ein Jahr Zeit, mich auf das Bevorstehende vorzubereiten.

„Also dann, viel Spaß beim Schwimmen heute und Kopf hoch!", verabschiedete sich Dr. K. und ließ mich mit meinen Gedanken allein.

Nach diesem Gespräch fragte ich den „lieben" Gott, mit dem ich in Stunden der Verzweiflung stumme Zwiegespräche führte, warum er mich all diese schmerzhaften Prozeduren nicht schon als Baby oder Kleinkind hatte ertragen lassen. Warum musste es erst jetzt sein, da ich alt genug war, um alles bewusst zu erleben? Wie beneidete ich die Babys im dritten Stock der Kinderklinik, deren Klumpfüße schon so früh korrigiert werden konnten. Sie würden später keine Erinnerung an ihre Schmerzen mehr haben; die Wochen im Gips wären für sie nur eine Erzählung der Eltern. So sehr ich mir aber die positiven Seiten einzureden versuchte, die dieser neuerliche Eingriff für mich bringen würde, die Angst vor der Narkose und den Schmerzen wurde ich nicht los.

„Nur eine ganz kleine Operation"
(Mai bis September 1990)

Von wegen „kleiner Schnitt und der Marknagel ist im Knochen"! Um sich diese erste der beiden „kleinen Operationen" besser vorstellen zu können, versuche man, in eine schlangenlinienförmige Röhre einen geraden Metallstift einzuführen. Man wird feststellen: Es geht nicht! Der Oberschenkelknochen musste mehrere Male durchgeschnitten und wie Perlen zu einer Kette auf den Metallstab gefädelt werden. Die dabei entstandenen Bruchstellen brauchten natürlich viel mehr Zeit, um zu verheilen, als „ein paar Wochen." Als ich aus der Narkose erwachte, war mein rechtes Bein bis über den Bauch fest in Gips verpackt.

Zwei Wochen später, nachdem auch mein linkes Bein operiert worden war, fand ich mich zum ersten Mal in einer Gipshose wieder. Beide Beine waren gespreizt, von den Zehen bis über den Bauch eingegipst und zwischen den Knien war zur Erleichterung des Pflegepersonals ein Holzstab fixiert worden. Ich sah aus wie eine halbe Mumie! Um dem Ganzen noch die Krone aufzusetzen, war während der zweiten Operation mein linker Oberarm gebrochen. Er wurde kurzerhand in blauem Kunststoffgips auf meinen **Echt(Gips)bauch** „gekleistert".

Nachdem ich mich halbwegs von den Strapazen der Operationen erholt hatte, wurde ich, um meinen Kreislauf langsam anzukurbeln, auf ein Bett geschnallt, das man aufkippen konnte. Bald stellte man mich mitsamt meinem „Panzer" an mein Bett gelehnt auf und ließ mich so bis zu einer Stunde meine Beine belasten.

Im Juli wurde ich langsam ungeduldig, denn die „paar Wochen" waren schon lange überschritten und noch war kein Ende in Sicht. „Hab Geduld, ein bisserl dauert's noch!", hörte ich jedes Mal ausweichend, wenn ich die gefürchtete Frage stellte. Theoretisch hätte ich für mindestens fünf Wochen (bis meine Brüche verheilt gewesen wären) nach Hause fahren dürfen, aber da es für meine Mutter ein Ding der Unmöglichkeit war, mich ganz allein in diesem „Aufzug" zu betreuen, musste ich bleiben, wo ich war. Zum Glück verbrachten mein Bruder und meine Mutter große Teile der Sommerferien in einer Pension in der Nähe des Krankenhauses, während mein Vater in Wien zur Arbeit ging. Es war mir ein großer Trost, vertraute Gesichter rund um mich zu haben. Für meinen Bruder waren es höchst unspektakuläre Ferien! Jeden Tag saß er mehrere Stunden mit Comics, Farbstiften und seinem Walkman ausgestattet neben meinem Bett und vertrieb sich und mir die Langeweile.

Im August wurde mir die Gipshose endlich abgenommen, die Freude dauerte aber nur ein Wannenbad lange, denn die Schmerzen nach den Operationen waren gar nichts gegen das, was jetzt auf mich zukam. Ich musste wieder lernen, meine Gelenke abzubiegen! Jeder Millimeter war schwer erarbeitet und das Ergebnis stundenlanger Massagen meiner Mutter. Ihre Finger, so witzelten wir, würden sicher immer gelenkig bleiben, bei den Mengen Massagecreme, die sie in meine Beine gerieben hatte.

Entgegen vorheriger Ankündigung war beschlossen worden, mir keine neuen Beinschienen mehr anzupassen. Es hieß, ich wäre kräftig genug, um es auch ohne zu schaffen. Viel zu wackelig auf den Beinen, um Krücken verwenden zu können, gab man mir einen Gehwagen, in den ich mich hineinhängen konnte. Trotzdem liefen meine Arme blau an, weil meine Beine unter mir nachgaben wie Gelee. Allein, denn meine Eltern und mein Bruder mussten wegen des Schulbeginns wieder zurück nach Wien, kämpfte ich Tag für Tag gegen die immer größer werdende Mutlosigkeit an. Jede Bewegung schmerzte und sitzen konnte ich auch nur kurz. Obwohl ich nichts lieber tat, als außerhalb des mittlerweile verhassten Bettes zu sein, flehte ich die Stationsärztin an, mich wieder hinlegen zu dürfen, weil mein Rücken die Belastung einfach nicht aushielt und höllisch wehtat. Mir war oft nach Schreien zumute, wenn ich zu hören bekam, dass ich mich nicht so gehen lassen und mehr anstrengen sollte – außerdem würde ich mit meinem ewigen Weinen die anderen Kinder verunsichern. Ich verstand nicht, warum man mir die Strapazen nicht anrechnete, warum keiner verstand, wie schwer es für mich war, gerade jetzt ohne meine Eltern sein zu müssen. Jeden Tag kam eine Physiotherapeutin und versuchte mich zu motivieren, aber ich ließ sie reden. Mir war nur mehr übel und ich wollte heim. Nach vier Monaten hatte man endlich ein Einsehen mit mir, denn– es war zu offensichtlich, dass keine Verbesserung zu erreichen wäre, bevor ich nicht mein seelisches Gleichgewicht wieder gefunden hätte. Als ich auf etliche Polster gelagert im Beifahrersitz unseres Autos lehnte und es endlich tatsächlich bergab ging, konnte ich mir keinen Ort auf der Welt vorstellen, an dem ich lieber gewesen wäre.

Fehlentscheidungen
(Oktober 1990)

Es gibt im Leben eines jeden Menschen bestimmt einen Moment, einen Tag oder eine Entscheidung, die er lieber nicht getroffen hätte. Bei mir war es der folgenschwere Entschluss, sobald als möglich wieder in einen normalen Alltag zurückzukehren. Ich war viel zu lange in einer extremen Ausnahmesituation gewesen und wünschte mir nichts sehnlicher, als ganz schnell wieder zur Schule gehen zu können.

In den ersten Tagen nach meiner Entlassung wollte ich von Training und Gehübungen nichts hören. Vorerst wollte ich nur endlich wieder raus – raus aus dem Bett, raus aus der Wohnung, normales Gewand anziehen und das Leben genießen. Ich hatte zwar sehr schnell Schmerzen im Rücken und in den Beinen, aber es war mir egal. Ich wusste ja nicht, was das für Konsequenzen haben würde. Mein Arzt hatte meinen Eltern zwar empfohlen, mich ein Jahr mit der Schule pausieren zu lassen, um meine Muskeln erst zu stärken, bevor ich mich der Belastung längeren Sitzens aussetzen würde, aber was geschehen könnte, wenn ich das nicht tat, darüber schwieg er sich aus. Von einem Jahr Zwangspause wollte ich ohnedies nichts hören. Zu schwer war mir das Eingewöhnen in die Klasse gefallen. Nicht noch einmal wollte ich die Neue sein. Es genügte mir, körperlich wieder komplett von vorne beginnen zu müssen, mich zusätzlich an fremde Gesichter zu gewöhnen, kam für mich nicht infrage. Ich setzte meinen Sturkopf durch und ging nach nur ein paar Wochen Erholung im Oktober wieder zur Schule.

Dort bemerkte ich schnell, dass ich mich übernommen hatte. Fünf bis sechs Stunden durchgehend zu sitzen hielt ich kaum aus. Manche Stunde, in der nicht mitgeschrieben werden musste, lehnte ich mich über meinen Tisch, um meinen Rücken zu entlasten. Mein Klassenvorstand hatte meine Not zwar erkannt und mir angeboten, mich in diesen Stunden auf eine Luftmatratze im rückwärtigen Teil der Klasse zu legen, aber nachdem die erste spöttische Meldung kam, blieb ich lieber sitzen. Als ich eines Morgens von meiner Mutter im Klassenzimmer abgeliefert wurde und meine Wirbelsäule bei einer Seitwärtsbewegung in Richtung Schultasche einen seltsamen Knacklaut von sich gab, konnte ich mich vor Schmerzen nicht mehr bewegen. Ich bat sie, kreidebleich geworden, mich sofort wieder mit nach Hause zu nehmen. Den gesamten Heimweg lang musste meine Mutter den Rollstuhl aufgekippt führen, denn schon die kleinste Erschütterung verursachte bei mir Schweißausbrüche.

Obwohl ich zuvor schon beim leisesten Verdacht auf einen Bruch im Spital gewesen war, flehte ich meine Mutter diesmal an, mich nicht hinzubringen. Ich zitterte am ganzen Körper bei der Vorstellung, was man mit mir wieder anstellen würde. All die Bilder der Mädchen, die ich auf der Stolzalpe gesehen hatte, mit ihren Gipskorsetten und genagelten Wirbelsäulen, flimmerten mir vor Augen und machten mich starr vor Angst. Ich konnte tagelang nicht aufstehen und selbst das Heben meines Kopfes verursachte mir Schmerzen, trotzdem bekam mich kein Arzt zu Gesicht. Ich wusste, dass es bei Wirbeleinbrüchen zu Lähmungserscheinungen kommen könnte, und überprüfte ständig, ob das Gefühl in meinen Armen und Beinen noch „normal" war. Ich unterzog mich sozusagen einem ständigen Systemcheck, der zum Glück immer positiv ausfiel. Aber auch meine implantierten Marknägel verursachten mir Probleme. Mein linkes Knie schwoll immer wieder an und manchmal konnte ich meine rechte Hüfte nicht durchstrecken (der Metallstift war zu lang). Stur ignorierte ich die Warnungen meines Körpers. Ich war einfach nicht stark genug, der Realität ins Auge zu sehen, sprich– der Tatsache, dass ich auf ein Desaster zusteuerte, wenn ich mir nicht helfen ließ. Etwas war doch erlahmt: mein Kampfgeist.

Schulischer Werdegang
(Vor Abschluss des
4. Gymnasiums 1991)

Vier Jahre Gymnasium hatte ich hinter mich gebracht und jetzt stand eine Entscheidung an. Sollte ich eine Lehre in Betracht ziehen, würde ich das neunte Pflichtschuljahr beenden und dann weitersehen – vielleicht könnte ich eine Handelsakademie besuchen – oder würde ich maturieren, um später ein Studium zu beginnen? Ich hatte keine Ahnung, was ich wirklich wollte, denn mein Gesundheitszustand würde mir den Weg vorgeben und da hatte ich wenig Mitspracherecht. Dummerweise blieben meine Arme nicht lange genug ungebrochen, um mit Krücken gehen zu lernen. Weitere Operationen standen an, um meine Unterarme, die sich mittlerweile immer stärker verformten, zu begradigen und zu stabilisieren. Während der nächsten zwei Sommerferien würde jeweils ein Arm gerichtet werden, um zusätzliche Fehlzeiten in der Schule zu vermeiden.

Wie sollte ich mich für einen beruflichen Werdegang entscheiden, wenn ich doch gar nicht wusste, ob ich mein Leben im Rollstuhl verbringen würde oder nicht. Im Gymnasium zu bleiben und zu maturieren beschloss ich letztendlich weniger unter Berücksichtigung meiner schulischen Interessen, als aufgrund der Tatsache, dass mir so vier weitere Jahre Zeitaufschub gewährt wurden. Das Bestehen der Matura schien mir ein durchaus erreichbares Fernziel zu sein. Was danach käme, wollte ich dann überlegen, wenn es so weit wäre.

Da haben wir den Salat!
(Juli 1992)

Was um alles in der Welt war das denn?

Als seltsam durchsichtiger Kontrast zu dem schwarzen Hintergrund schien sich eine Schlange durch das Röntgenbild zu winden. Ich starrte ungläubig auf das Abbild einer aus der Form geratenen Wirbelsäule, das meine Mutter aus dem braunen Papiersack vor mir geholt hatte. Mein Herz schlug bis zum Hals. Wo waren meine Wirbeln? Hastig suchten meine Augen nach anatomischen Anhaltspunkten. „Sind das da nicht Rippen?", fragte ich meine Eltern, die kreidebleich und nicht weniger schockiert als ich auf den Beweis dafür starrten, dass nichts wieder so werden würde wie früher.

All die Abende fielen mir ein, an denen ich in der Badewanne gesessen und meine Mutter gefragt hatte, ob mein Rücken „eh normal" aussah. Sie hatte nie etwas Gegenteiliges gesagt. Trotzdem ahnte ich, dass etwas nicht in Ordnung war. Meine verschwundene Taille, mein nach vorne gewölbter Brustkorb, der Kontrollstrich am Türstock, der schon seit Monaten nicht mehr nach oben korrigiert hatte werden müssen und dann diese ständigen Rückenschmerzen – all das hatte für sich gesprochen und ergab plötzlich einen Sinn. Mit einem Mal war es vorbei mit seligem Verdrängen. Hier hatte ich die Wahrheit vor mir, schonungslos und unabänderlich. Zwei Mal neunzig Grad Seitwärtsverkrümmung – eine nach links, eine nach rechts!

„Da kann man nichts mehr machen. Das wird sich irgendwann verwachsen und stabilisieren, dann wird sie wahrscheinlich weniger Schmerzen haben, aber operieren kann man da nichts, dafür sind die Knochen viel zu brüchig." Obwohl ich unter Schock stand, war ich auf seltsame Weise beruhigt. Jetzt hatte ich Gewissheit und mit ihr musste ich umzugehen lernen, Hauptsache, man schnitt mich nicht noch einmal auf! Die exakte Kenntnis um die Lage der Verkrümmungen in meinem Rücken war aber auch ein Fluch. Hatte ich früher einfach nur undefinierbares „Kreuzweh" gehabt, sah ich jetzt die schmerzende Stelle vor mir und wusste sie mit dem in meinem Gehirn eingebrannten Schreckensbild zu überlagern – wie eine Blaupause. Dieses Wissen bündelte den Schmerz und schien ihn noch zu verstärken, was meine Angst vor Lähmungserscheinungen zu meinem neuen Dauerbegleiter machte.

Erste Sehnsüchte

Zu allem Überfluss schlitterte ich zur gleichen Zeit auch noch geradewegs in die Pubertät. Ich begann mich mit Mädchen aus meiner Klasse zu vergleichen und beim Blick in den Spiegel hätte ich am liebsten laut losgeheult. Aufgrund meiner Größe hielt man mich noch dazu stets für jünger als ich war und das in oft beleidigendem Ausmaß. Begleitete ich meine Mutter zum Beispiel bei ihren Einkäufen, passierte es immer noch, dass mich eine „nette" Wurstfachverkäuferin fragte: „Na, magst auch ein Blatterl kosten?" Außerdem musste ich im Gegensatz zu meinen Freundinnen meine Kleidung immer noch in der Kinderabteilung einkaufen, was es sehr schwierig gestaltete, etwas ohne Blümchen, Herzchen, Schleifchen und nicht in Rosa zu finden. Je mehr ich mich bemühte, mich optisch anzupassen, desto mehr fiel ich auf. Ich liebte einfach bunte Farben und konnte dem tristen Schwarz, das gerade vorherrschte, absolut nichts abgewinnen. Auf einem Klassenfoto stach ich mit meinem giftgrünen Rüschenrock und einem quietschgelben T-Shirt heraus wie ein bunter Hund. Dass mich meine Kollektion an pastellfarbenen Angorapullis, die meine Mutter mit Vorliebe für mich strickte, auch nicht gerade in der Menge verschwinden ließ, versteht sich von selbst. Modetrends schien ich auch immer erst am letzten Drücker zu bemerken, denn ich trug die berühmt-berüchtigten Leggins erst, als meine modebewussten Mitschülerinnen die ihren schon längst der Altkleidersammlung überlassen hatten. Am meisten störten mich die lästigen Pickel, die das Einzige an mir, das bislang „normal" aussah, entstellten – mein Gesicht. Trug ich Make-up auf, sah ich erst recht aus, als hätte ich Masern, nur waren die Tupfen nicht rot, sondern braun. Den Geschichten über das „erste Mal" lauschte ich neugierig, aber auch in dem Bewusstsein, dass ich niemals für einen der Jungen, die mich kannten, interessant sein würde. Hauptsache, sie wussten wo sie mich fanden, wenn es galt Hausaufgaben von mir abzuschreiben. Am meisten litt meine Familie unter meinen Gefühlsverwirrungen und das nicht zu knapp. Ich war launisch, aufmüpfig und unleidlich und meine Versuche, ein total normales Teenagerleben mit meinem extrem eingeschränkten „Glashausleben" zu vereinbaren, gestalteten sich als gehörige Herausforderung!

Tagebucheintragung
(Jahresbeginn 93)
Zwei Mädels aus unserer Klasse haben heute in Bio ein Referat über Verhütung gehalten, dabei haben sie Kondome und Pillen verteilt. Ob ich wohl jemals einen Freund haben werde, um diese Sachen überhaupt zu brauchen? Einen, dem ich gefalle, wie ich bin und der einfühlsam, zärtlich, musikalisch und kinderlieb ist. Ich wünsche mir so sehr, dass ich einmal ein oder mehrere Kinder haben werde und nicht mehr im Rollstuhl sitzen muss. Ich glaube, das ist alles nur ein schöner Wunschtraum. Ich kann mir einfach nicht vorstellen, begehrenswert zu sein. Alle meine Schulkolleginnen haben einen Freund, sie reden über nichts anderes mehr. Manchmal möchte ich heulen und wegrennen. Sie kommen zu mir und wollen gute Ratschläge für ihre Beziehungsprobleme hören und denken gar nicht darüber nach, wie weh mir das in der Seele tut.

Rund um mich wurden aus Kindern junge Erwachsene, aber mit ihren Erfahrungen konnte ich nicht mithalten und das entfernte mich noch mehr von ihnen. Ich fühlte mich fehl am Platz und war neidisch auf das „normale Leben" meiner Mitschüler. Es tröstete mich kein bisschen, wenn sie zu mir sagten: „Wart's nur ab, eines Tages wirst du auch jemanden finden. Bis dahin ersparst du dir eine ganze Menge Probleme. So toll ist es nämlich auch nicht, einen Freund zu haben."

Gehen
(April 1994)

Vier Jahre hatte es gedauert, bis ich zum ersten Mal wieder ohne fremde Hilfe aufstehen konnte. Da meine Handgelenke nach den Unterarmkorrektur Operationen ihre ursprüngliche Beweglichkeit nicht mehr zurück erhalten hatten, bekam ich Achselstützkrücken. Ich fühlte mich damit sehr unsicher und wusste, dass die kleinste Unachtsamkeit einen Sturz zur Folge haben konnte.

Aufrecht zu stehen versetzte mich in Euphorie. Mir war, als würde ich die Welt aus einer anderen Perspektive neu entdecken, dabei war ich im Stehen gar nicht größer als zuvor im Rollstuhl sitzend. Anfangs konzentrierte sich mein Blick nur auf den vor mir liegenden Boden, je sicherer ich wurde, umso mehr traute ich mich, meine Umgebung zu betrachten. Trotzdem fühlte ich mich nur dann wohl, wenn ich den Arm meiner Mutter an meiner Hüfte spürte. Sie gab mir den psychischen Halt, den ich brauchte, um meine übermächtige Angst zu besiegen und jeweils einen Schritt nach dem anderen zu tun. Bald packte mich der Eifer und ich trainierte täglich, bis ich es wagen konnte, mit den Krücken auf die Straße zu gehen. Dass ich es vorerst nur bis an die nächste Häuserecke schaffte, störte mich nicht. Um weitere Strecken zu schaffen, wollte ich konsequent an meiner Ausdauer arbeiten.

Vor dem Spiegel

Aufrecht, hoch konzentriert stehe ich vor mir selbst.

Mein Spiegelbild wirft eine verkehrte Realität zurück in den Raum.

Ich nehme mich wahr, doch fällt es mir schwer, zu akzeptieren, was ich seh'.

Meine Augen betrachten mich neugierig, sie erzählen mir mein ICH.

Ich bin stolz darauf, endlich auf meinen Beinen zu stehen, die Schweißperlen auf meiner Stirn sind der Beweis für die Kraft, die es mich kostet.

Aber auch Traurigkeit durchflutet mich, beim Anblick meines Spiegellchs. Wie kann sich ein Mensch in wenigen Jahren nur so verändern? Knochen, die sich verbogen, anstatt zu wachsen, machen mich zu der Erscheinung, die mir entgegenblickt.

Wie klein ich bin! Kleiner heute, als ich es mit sechs Jahren war – bin geschrumpft, während ich zu Gleichaltrigen aufschauen muss, die mir schon lange aus meiner Augenhöhe entwachsen sind.

„Sag mir, du Spiegel an meiner Zimmerwand,
   gibt es irgendetwas, das mein Herz bei deinem Anblick nicht verdammt?"

> „Ja, in der Tat gibt es etwas an dir,
> es sind die Augen, sie scheinen das Klarste mir.
> Sie sind der Spiegel, der Zugang zu deinem Quell –
> obwohl sie verstehen, strahlen sie trotzdem hell!"

Lektion durch die Rose
(Juli 1994)

Ungeduldig wartete ich an diesem Freitagabend auf Birgit, meine beste Freundin. Die Sommerferien waren mitten in Gang und nur noch ein schnell verfliegendes Jahr trennte uns von der lang ersehnten Matura. Heute aber wollten wir allen Schulstress vergessen und einen gemütlichen Abend genießen, schließlich würden wir uns noch oft genug über Prüfungsfragen den Kopf zerbrechen müssen.

Der Weg zum Pettycoat, unserem Lieblingslokal, war nicht weit, vielleicht zehn Minuten zu Fuß. Für mich war es ein Angstpfad mit genau sechs Randsteinen und einer zwölfstufigen Treppe am Ende. Obwohl ich Birgit vertraute, sie war im Umgang mit dem Rollstuhl mittlerweile geübt, fuhr die unterschwellige Panik vor Stürzen immer mit. Trotzdem war ich nicht bereit, mir davon den Abend verderben zu lassen. Ich wollte raus aus meinem kleinen Zimmer, unter Leute und mich genauso fühlen wie alle anderen Siebzehnjährigen.

„Wart einen Moment, ich hol nur schnell wen, der dich runterträgt", sagte Birgit, die mich gerade vor dem Eingang des Pettycoat abstellte.

„Ja, ist gut, ich fahr dir schon nicht davon!", erwiderte ich gut aufgelegt. Einige Augenblicke später tauchte ein großer, muskulöser Typ aus dem Dunkel der Kellertreppe auf.

„Hallo, ich bin der Joe", begrüßte er mich. „Wie soll ich dich denn am besten hochnehmen?"

„Ich bin die Evi! Hallo!", stellte ich mich selbstbewusst vor. Um mir komplizierte Erklärungen zu ersparen, sagte ich nur kurz: „Wie eine Braut über die Schwelle, ok?"

„Na du gehst ja vielleicht ran", witzelte der Modeltyp und zwinkerte dabei Birgit zu, die hinter ihm die Treppe wieder heraufgekommen war – sie würde wie immer mit dem leeren Rollstuhl die Stufen hinunterfahren.

Mit so einer Entgegnung hatte ich nicht gerechnet. Da ich neben Birgit wie ein jüngeres Anhängsel wirkte, ich war ja nur 1,13 m groß, versuchte ich dieses Defizit durch freche Sprüche wettzumachen. Diesmal war der Versuch ordentlich danebengegangen. Mit hochroten Wangen und einem schüchternen Lächeln ließ ich mich hochheben.

Das Pettycoat war ein von Jugendlichen gern und gut besuchtes kleines, aber urgemütliches Kellerlokal. Poster von James Dean, Elvis Presley und Marilyn Monroe lockerten die rosa gestrichenen Ziegelwände auf und verliehen ihnen einen kitschigen Touch. Die auf den Tischen angezündeten Kerzen verbreiteten schummriges Licht, das besonders romantisch in den kleinen Nischen wirkte, wo die frisch Verliebten einander eng umschlungen anschmachteten. Wir entschieden uns für einen Platz vor der mikroskopischen Bühne, auf der ab und zu Hobbysänger und Musiker ihr Können zum Besten gaben. Heute war Gott sei Dank kein Konzert angesagt, sonst hätten wir kein Wort voneinander verstanden, so laut wäre es gewesen. Dafür musste Birgit die kratzende Stimme von Bryan Adams übertönen – es lief gerade „Everything I do" über die Lautsprecher:

„Was willst' trinken? Es ist Happy Hour, also kannst dich austoben."

„Ich hätt' Lust auf ein ColaRot", bemühte ich mich laut genug zu antworten.

„Wird erledigt. Bin gleich wieder da."

Birgit war viel öfter hier als ich, schließlich konnte sie auch allein ausgehen. Sie kannte jeden und genoss die bewundernden Blicke der anwesenden jungen Männer. Sie flirtete einfach gern. Mit ihren langen, dunkelbraunen Haaren und ihrer gertenschlanken Figur war sie ein Männermagnet.

Während ich auf sie wartete, schaute ich mich neugierig um. Eigentlich war ich ja in fröhlicher Stimmung, aber bei all dem Geturtel rundherum kam ich ins Grübeln: Warum konnte ich nicht eines von diesen „normal-gebauten" Mädchen sein? So gerne würde ich auch mit einem Freund an meiner Seite hier sitzen. Ich schaute an mir herunter und wünschte mich in einen anderen Körper. Ich hatte diese krummen, brüchigen Knochen satt, diese zerbrechliche Hülle, die mir so oft den Spaß verdarb. Wenn ich Gleichaltrige so glücklich und verliebt sah, begann sich etwas in mir zu verkrampfen, dann musste ich mit aller Kraft die aufkeimende Eifersucht unterdrücken, um das Lächeln auf meinem Gesicht behalten zu können. Es war aber nur eine Maske, das spürte ich. Gleich unter der falschen Haut war mir oft zum Heulen zumute. Warum sah keiner die Frau in mir? Ich war doch nicht hässlich, nur klein. Das und der blöde Rollstuhl konnten mir doch nicht alle Hoffnung auf eine Liebe kaputt machen. Tief in Gedanken versunken spielten meine Finger mit dem warmen Wachs der Kerze, mein Blick verlor sich in der kleinen Flamme. Ich hatte gar nicht bemerkt, dass Birgit wieder zurück war.

„Na, was ist denn mit dir auf einmal los?"

„Ach, nichts. Alles in Ordnung", brachte ich wenig überzeugend hervor.

Birgit ging nicht weiter auf meinen plötzlichen Stimmungswechsel ein: „Na komm, trink dein Cola und schau dir die feschen Burschen an. Mich hat grad der niedliche Dunkelhaarige dort an der Bar auf einen Apfelkorn eingeladen. Ist der nicht zum Anbeißen?"

„Ja, du hast recht, er sieht wirklich süß aus", entrang ich mir, schließlich wollte ich keine Spielverderberin sein.

„Er heißt Jürgen. Er wollte wissen, ob er sich zu uns setzen darf. Hast' was dagegen?"

Na bravo, das konnte ja lustig werden! Am liebsten hätte ich ihn zum Teufel geschickt, aber ich konnte nicht einfach Ja sagen.

„Nein! Warum sollt ich? Er soll ruhig rüberkommen!", rutschte es mir eine Spur zu fröhlich heraus.

Birgit winkte ihn an unseren Tisch. Er war schlank und sah gut durchtrainiert aus. Seine ausgewaschenen, hautengen Jeans und das an den Schultern anliegende Calvin Klein T-Shirt betonten diese Vorzüge. Er wirkte nicht eitel, aber er schien sich seiner Anziehungskraft auf das weibliche Geschlecht durchaus bewusst zu sein. Ein Glas Bier in der Hand setzte er sich zwischen uns. Leicht angeheitert und mit geröteten Wangen flirtete er wie aufgezogen mit Birgit, bis ihm einfiel auch mich anzusprechen.

„Hallo. Na wie geht's?", versuchte er mit mir ins Gespräch zu kommen. „Ist nett hier, nicht?" Dabei wanderten seine Augen immer wieder zu Birgit.

„Ja, richtig gemütlich", fiel meine leicht schnippische Antwort aus.

„Wollt ihr beiden noch was trinken? Ich geb einen aus."

„Ich hätt' gern einen Tequila, aber nur, wenn du auch einen trinkst", zwitscherte Birgit, dabei zwinkerte sie ihm kokett zu.

„Na klar doch. Und du?", fragte er mich.

„Du, nein danke, ich darf nicht so viel. Ich muss aufpassen." Mir war vom ersten Getränk schon leicht schwindlig, außerdem hatte ich noch nichts gegessen.

„O. k., bin gleich wieder bei euch."

„Meine Güte! Ist der vielleicht süß. Hast du gesehen, wie er mich die ganze Zeit ang'schaut hat?"

„Das war ja nicht zu übersehen. Wenn ich nicht da wär, würd' er noch viel schneller rangehen."

„Hey! Sei nicht so! Er findet dich lieb, hat er mir vorher an der Bar gesagt."

Bei dem Wort – „lieb" war mir zum Schreien zumute. Ich war nicht „lieb"! Ich hasste es, so bezeichnet zu werden. Es hatte so etwas Verniedlichendes an sich.

„Na danke! Da freu ich mich aber!" Den sarkastischen Unterton konnte und wollte ich mir nicht verkneifen. „Ah, da kommt er ja wieder, dein Casanova", spöttelte ich.

„Sag mal, hast du eigentlich einen Freund?", fragte mich Jürgen plötzlich. Ich war ganz erschrocken über diese intime Frage, außerdem war ich vom vielen in eine andere Richtung Schauen schon ziemlich gereizt.

„Meinst du das ernst?"

Jürgen nickte: „Na klar."

„Nein, ich hab keinen. Wer würde mich denn auch wollen?" Ich spürte Wut in mir aufkeimen. Wie konnte mir dieser dahergelaufene Typ so eine private Frage stellen? Das hatte sich noch keiner getraut. Am meisten ärgerte ich mich aber darüber, keine passende Antwort parat gehabt zu haben.

„Du wirst schon einen finden", versuchte Jürgen die Situation zu retten. „Du hast ein liebes Gesicht und bist intelligent."

Da war es schon wieder, dieses blöde Wort!

„Ja wahrscheinlich, aber was hilft das, wenn sich keiner traut mich anzusprechen, weil ich viel jünger aussehe, als ich bin und noch dazu im Rollstuhl sitze?", konterte ich angriffslustig.

In diesem Moment tauchte ein Rosenverkäufer an unserem Tisch auf. Er hielt Jürgen einen großen Strauß langstieliger, roter Rosen entgegen. Sie sahen eher erbärmlich aus, trotzdem verlangte Jürgen zwei Stück. Mit einem vielsagenden Blick überreichte er eine davon Birgit, die sie routiniert entgegennahm. Die zweite reichte er mir mit den Worten:

„Die ist für dich – als Glücksbringer. Vielleicht klappt es ja dann bald einmal mit einem Freund."

„Danke, das ist nett." Ich nahm sein Geschenk mit gequältem Lächeln entgegen.

Während Birgit ihre Rose zärtlich befingerte, Blatt für Blatt, als hielte sie eine Kostbarkeit in Händen, legte ich meine achtlos auf den Tisch. Ich hatte das Gefühl, einen Trostpreis erhalten zu haben.

Nach einiger Zeit verabschiedete sich Jürgen von Birgit mit einem Kuss links und rechts auf die Wange:

„Du hast ja meine Nummer", flüsterte er ihr dabei neckisch ins Ohr. Dann drehte er sich zu mir:

„Es war nett, dich kennengelernt zu haben." Mit einem raschen Winken war er verschwunden und Birgit erwachte aus ihrer Verzückung:

„Ja sag einmal, was ist denn in dich gefahren? Er hat es doch nur gut gemeint. Du warst ganz schön ekelhaft!"

„Ich hab es einfach nicht mehr ausgehalten. Zuerst euer Geflirte und dann die Mitleidsrose."

„Weißt du, ich werd dir jetzt mal was sagen. Wenn du es darauf anlegst, dass man in dir eine intelligente, emotional gesunde Frau sieht, die halt nun mal aussieht, wie sie aussieht, dann musst du auch mithelfen, dass man über deine Behinderung hinwegsehen kann. Der Jürgen konnte doch nichts dafür, dass du noch keinen Freund gehabt hast."

Die Reaktion anderer auf mein Äußeres war immer etwas, das ich neugierig, ja ängstlich beobachtete und mich je nach Stimmungslage aufheiterte oder verunsicherte. Heute aber wurde mir zum ersten Mal klar, dass ich unbewusst einen Mitleid heischenden Eindruck gemacht hatte. Das schockierte mich zutiefst, deshalb gab ich geknickt zurück:

„Du hast ja recht, aber ich war einfach so traurig und bei all dem Geknutsche rundherum, hab ich die Kontrolle verloren."

„Es ist nie gut bei Männern auf Mitleid zu plädieren. Du bist sofort uninteressant, wenn du ihnen auf die „Wer will mich denn schon?"-Tour kommst!"

Na, das hatte gesessen! Darauf wusste ich nichts zu erwidern. Zu Hause warf ich die Rose angewidert in den Mistkübel. Ich konnte den Gedanken an mein kläglisches Verhalten nicht ertragen. So kindisch würde ich nicht noch einmal reagieren. Birgit hatte recht, das Letzte, das ich gebrauchen konnte, war Mitleid.

Das Maturajahr
(Tagebucheintragungen im Zeitraum von Oktober 94 – Juni 95)

22.10.94

Vor zwei Tagen ist bei einem Fest in der Hauptuniversität ein Teil einer Balustrade abgebrochen und hat eine darunter sitzende Studentin erschlagen. Es ist zu schrecklich! Ich denke oft über den Tod nach und hab ständig Angst davor, gelähmt zu sein oder zu sterben. Es kann so schnell gehen! Manchmal überprüfe ich sogar meinen Herzschlag vor lauter Angst. Ich mache mir sogar Gedanken darüber, was mit mir passieren würde, wenn es meine Mutter nicht mehr gäbe. Verrückt! Es wäre besser, ich würde vor ihr sterben, aber dann würde ich so unglaublich viel versäumen und das wäre zu schade. Ich war doch noch nicht berufstätig, hab meinen Mann fürs Leben noch nicht gefunden und noch keine Kinder adoptiert. Bevor ich all das nicht verwirklicht habe, will ich nicht sterben! Ich möchte mir selbst beweisen, dass ich genauso leben kann wie ein gesunder Mensch, nämlich selbstständig und unabhängig. Jedes Mal, wenn ich Hilfe brauche, um auf die Toilette zu gehen, denke ich mir, dass ich es doch irgendwann allein schaffen muss. Mama hat schon einmal darüber ge-

sprochen, mir eines Tages eine behindertengerechte Gemeindewohnung zu suchen. Das wäre doch was!

28.1.95
Hier schreibt jemand, der das erste Mal auf einem Ball gewesen ist! Ich hab zwar viele hübsche Menschen gesehen, aber irgendwie war ich doch fehl am Platz. Überall saßen knutschende Pärchen! Ich hab mich extra auf einen Polster gesetzt, weil ich mir neben den anderen so klein vorgekommen bin, und obwohl ich beim Friseur war und mich geschminkt hab, hatte ich das Gefühl in einem Faschingskostüm zu stecken. Die anderen Mädchen haben in ihren Ballkleidern so hübsch ausgesehen, meine BluseHoseKombi hat absolut nicht dazu gepasst. Die Burschen haben mich ohnedies ignoriert, was mich an die Evolutionstheorie erinnert hat: Gesunde, kräftige Männchen suchen sich eben nur gesunde, gebärfähige Weibchen und sind an keinem verkrüppelten Exemplar interessiert, das den Nachwuchs nicht sichern kann. Vielleicht sind diese Gedanken absurd, aber würde ich anders reagieren, wäre ich der Mann? Würde ich mir wissentlich eine behinderte Partnerin aussuchen? Wie gerne wäre ich nicht nur ein Anhängsel, das sich mit dem einzigen Mädchen zusammengetan hat, das außer mir keine männliche Begleitung hatte.

13.6.95
ICH HABE DIE MATURA GESCHAFFT!!!
Die letzten Wochen waren ganz schön stressig! Die schriftlichen Klausuren, vier in einer Woche zu jeweils mindestens vier Stunden, haben meinen Rücken und meine Nerven ordentlich strapaziert. Dass ich Mathe geschafft hab, ist wohl eher ein Wunder, denn verstanden hab ich kaum, was ich da gerechnet hab. Ich hoffe inständig, dass ich mit Kurvendiskussionen und Integralrechnung mein Lebtag nichts mehr zu tun haben werde! Vor den mündlichen Prüfungen war ich aber noch um einiges nervöser. Ich hab schon von Französischvokabeln geträumt und ständig die griechischen Philosophen vertauscht. Gott sei Dank hab ich mich, als es drauf ankam, nicht bis auf die brüchigen Knochen blamiert!

Seltsamerweise hat sich die erwartete Freude und Erleichterung nach der letzten Prüfung nicht eingestellt. Nicht einmal mein Anruf zu Hause, um meinen Eltern die gute Nachricht zu erzählen, hat mich aus meiner Erstarrung erlöst. Ich hätte jeden Gefühlsausbruch erwartet, aber nicht, mich völlig leer zu fühlen.

Am 10. Juni hab ich das lang ersehnte Maturazeugnis endlich in Händen gehalten. Mama hat zwar unbedingt vor versammelter Menge die

Direktorin bitten müssen, mir das Zeugnis noch einmal zu überreichen, um ein Foto zu machen, aber diesmal war es mir egal, aufzufallen. Ich war einfach nur glücklich und erleichtert! All das Daumendrücken und die guten Wünsche haben geholfen und mir die seelische Unterstützung gegeben, die ich gebraucht hab. Jetzt sind Aufregung, Stress und Nervosität vorbei und ich hab nur noch eines im Kopf:

DIE MATURAREISE!!!

Zakynthos
(Juni 1995)

Es stimmte, man konnte das Meer riechen. In meiner Vorstellung hatte es aber nie so nach Freiheit geduftet. Ich schwamm auf einer roten Luftmatratze, sicher gehalten von einer Schulkollegin und meine Fingerkuppen hingen ins Wasser. Ich konnte nicht glauben, wie real sich alles anfühlte. Niemals hätte ich gedacht, dass mich meine Eltern tatsächlich mit nach Griechenland fliegen lassen würden. Die Versicherungen meiner Freundinnen, gut auf mich Acht zu geben, hatten sie dann aber doch erweicht. Uns allen war das Risiko durchaus bewusst, das wir eingingen – mir, weil ich mich vertrauensvoll in die Hände anderer begab, und ihnen, weil sie sich mit einer so zerbrechlichen Freundin eine ganz schöne Verantwortung aufgebürdet hatten.

Die Sonne zauberte innerhalb von Minuten ein helles Rot auf meinen blassen Körper und bestrahlte meine Vitamin D hungrigen Knochen mit natürlichem UVLicht. Ich fühlte mich spürbar besser, die Magenkrämpfe der unverträglichen Flugreise ließen nach und das fröhliche Geplänkel meiner ehemaligen Schulkollegen wurde vom leisen Plätschern der Wellen untermalt. Ich war im Paradies!

Sechs Tage hatte ich vor mir, sechs Tage ohne elterliche Aufsicht, ohne Ermahnungen und erhobenen Zeigefinger. Sechs Tage, in denen ich jung und unbeschwert sein durfte. Ich rauchte, trank, aß, worauf ich Lust hatte, lag zu lange in der Sonne und genoss das Bewusstsein, für all meine Entscheidungen selbst verantwortlich zu sein. War mir nach ein paar Gläsern Melonenwodka übel, musste ich selbst dafür sorgen, einen Kübel in Reichweite zu haben, aß ich zu wenig, konnte ich nicht erwarten, dass mir jemand das Essen hinterhertrug. Auch wenn ich vieles nicht selbst erledigen konnte, so bekam ich doch einen kleinen Vorgeschmack darauf, wie es sein würde, später einmal alles selbst organisieren zu müssen. Es gefiel mir!

Aus dem Reisetagebuch
21.6.95
Gestern haben ein paar von uns eine herrliche Tagesreise per Schiff rund um die Insel unternommen. Im Hafen lagen riesige Luxusdampfer vor Anker, solche, wie ich sie nur aus Fernsehserien kenne. Sogar ein Kriegsschiff hab ich gesehen – ein gruseliger Anblick! Unser Schiff war gar nicht so klein, wie ich angenommen hatte, trotzdem konnte ich nur unter Deck bleiben, weil oben für den Rollstuhl kein Platz war. Drinnen sah es aus wie in einer gemütlichen Bar, niedrige Tischchen in Nischen, in denen kuschelige Eckbänke standen. Der einzige Nachteil war, dass ich aufstehen musste, wenn ich etwas von der vorüberziehenden Landschaft sehen wollte. Eine kurze Schrecksekunde hatte ich, als mich eine Touristin einfach so, ohne zu fragen unter den Achseln schnappte und mich kurzerhand auf die Sitzbank stellte, um mir eine bessere Sicht zu ermöglichen. Ich war so perplex, dass meine Beine nicht unter mir nachgaben, dass ich gar nicht protestieren konnte.

Die Ostseite der Insel ist grün und im Frühling voller Blumen, dort sind auch die meisten Touristenstrände. Auf der Westseite ist es kahl und felsig, dafür befinden sich dort die sagenhaften blauen Grotten. Die sollte ich bei einem Stopp bald aus nächster Nähe sehen. Ich hatte panische Angst bei der Vorstellung, wie ich denn bloß von dem schwankenden Schiff auf das noch viel stärker wackelnde Motorboot gelangen sollte, das uns durch die Grotten manövrieren würde, aber ich ließ mich überreden. Als mich die Reiseleiterin mit festem Griff über die Reling dem mit ausgestreckten Armen wartenden Bootsführer hinabreichte, hab ich einfach die Augen zugemacht und das Beste gehofft.

Wenige Augenblicke später sind wir schon durch eine atemberaubend schöne Grotte gefahren. Das Wasser war türkisfarben und trotz seiner Tiefe glasklar. Ich konnte bis auf den Grund sehen, der wirkte, als wäre er in nur zwei, drei Metern Entfernung. Das Sonnenlicht wurde vom Wasser reflektiert und malte bewegte Muster an die Felswände – es war ein magischer Anblick. Mir war während der ganzen Zeit bewusst, dass es vielleicht das erste und letzte Mal sein könnte, dass ich so etwas erleben würde, deshalb hab ich mich besonders bemüht, jeden einzelnen Eindruck in mich aufzunehmen und für schwere Zeiten zu bewahren.

22.6.95
Gerade sind wir von unsrem letzten Strandausflug zurückgekommen. Wir sind alle in Decken gehüllt auf Liegen gesessen, haben unsere Füße in den warmen Sand gegraben und haben die letzten Jahre und Tage an uns vorüberziehen lassen. Jedes Mal, wenn die sanften Wellen an den Strand gespült worden sind, hat uns ein warmer Wind umweht, sind sie wieder aufs Meer hinausgezogen worden, hat es uns gefröstelt. Es war eine wolkenlose Nacht und die Sterne sind mir noch nie zuvor so hell erschienen. Ich hab aufs Meer hinaus geschaut und hab eine tiefe Dankbarkeit dafür empfunden, diese kostbare Chance bekommen zu haben. Trotzdem freue ich mich darauf, morgen wieder zu Hause zu sein und allen von meinen Erlebnissen zu berichten. Endlich kann ich einmal von etwas erzählen, das nichts mit Brüchen, Spitälern und Schmerzen zu tun hat!!

Zeitkapsel Schule

Zeitkapsel Schule,

zwölf Jahre hast du mir Halt und Beständigkeit gegeben.
Hast mich geprüft, mich jubeln und mich weinen sehen.
Benotet hast du meinen Fleiß, genauso wie mein Faulsein,
hast mich das Schummeln gelehrt, genauso wie ehrliches Bemühen.

Unter deinem Schutz hab ich mich anfangs fremd gefühlt,
hab langsam Freunde gefunden und
mich endlich im Freundin sein geübt.
Hab Loyalität gelernt und auch begonnen für mich selbst zu sprechen.

Wie oft hab ich mich gefragt, ob du mich gut vorbereitet hast, auf die Welt da draußen.

Ich konnte es nicht erwarten, dich hinter mir zu lassen,
wollte mich erproben, mich weiterentwickeln und entfalten.
War hungrig nach der Zukunft und neugierig, ob ich dich vermissen würde.

1978 mit einem Jahr

1983 mit sechs Jahren

1986 mit neun Jahren

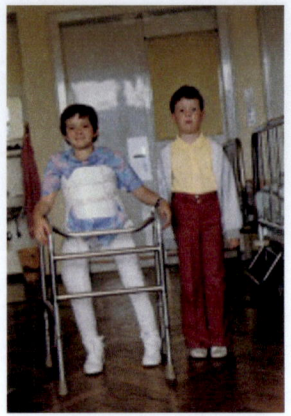

1987 mit zehn Jahren auf der Stolzalpe

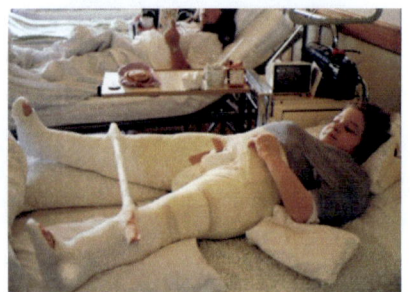

1990 nach der Versorgung mit Marknägeln

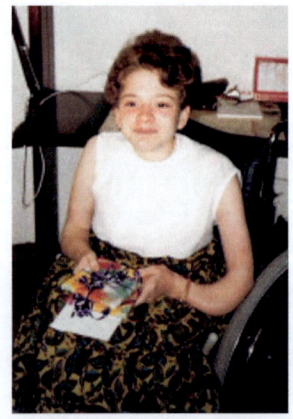

1993 mit sechzehn Jahren

1995 Überreichung des Maturazeugnisses

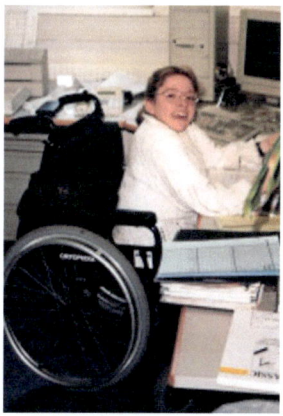

1997 im Büro beim Wiener Roten Kreuz

2001 mit meinem Bruder Stefan

2002 zu Besuch in London bei Michael Ball

2003 London im Sitzen mit Gareth

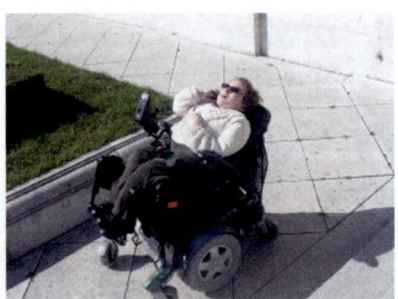
2007 unterwegs mit meinem Rolls Royce

Weichenstellungen
(Sommer 1995)

Ein langer Sommer lag vor mir, an dessen Ende ich einen einjährigen Vorbereitungskurs für Maturanten in der naheliegenden Berufsschule für Versicherungswesen anfangen würde. Nach erfolgreichem Abschluss sollte mich ein dreimonatiger Kurs auf die Lehrabschlussprüfung zur Versicherungskauffrau vorbereiten – so hatte ich es zumindest geplant. Während eines Berufsinformationstages im Gymnasium auf diese Möglichkeit aufmerksam geworden, sah ich darin eine gute Alternative zu einem mehrjährigen Studium. Die Vorstellung, von meiner Mutter zur Universität begleitet werden zu müssen, gefiel mir überhaupt nicht, deshalb wollte ich mich wenigstens finanziell sobald als möglich unabhängig machen und das ging nur, indem ich mir nach dieser kürzeren Ausbildung einen Job suchte. Dass nur ein Bürojob infrage kam, war mir klar, warum also nicht in einer Versicherung, ob mich das nun interessierte oder nicht. Da ich bis dato viel mehr mit meinen körperlichen Problemen beschäftigt gewesen war, kam mir meine berufliche Zukunft sowieso wie ein undurchsichtiges Nebelgebilde vor. Ob ich mit Herz und Seele würde dabei sein können, war vorläufig nicht vorrangig; Hauptsache, ich hatte etwas zu tun.

Die Ferien verbrachte ich in unserem Garten und versuchte die bevorstehende Veränderung zu verdrängen. Durch herrliches Wetter und die blumige Umgebung motiviert, begann ich meine Gehversuche weiter auszudehnen. Draußen war meine Mutter immer an meiner Seite, im Haus konnte ich mich ohne „Aufsicht" bewegen, auch wenn mir dabei jeder Schritt wie ein Drahtseilakt vorkam. Ich wusste genau, würde ich nur eine winzige Unebenheit im Boden übersehen und fallen, wären die Folgen katastrophal – trotzdem übte ich weiter. Obwohl mir das Heben der Beine von Mal zu Mal leichter fiel, kam ich nicht umhin festzustellen, dass sich meine Unterschenkelknochen unter der Belastung deutlich bogen.

Als ich von meiner Freundin Gloria, meiner ehemaligen Deutsch- und Französischlehrerin, zu einem Besuch bei einem renommierten Feldenkrais-Trainer aus den USA eingeladen wurde, sagte ich neugierig zu. Sie war selbst Trainerin und wusste, wie sehr ich von dieser Behandlung profitieren könnte.

(Die Feldenkrais-Methode ist eine Bewegungslehre und Lernmethode, in deren Mittelpunkt die individuelle Verbesserung von Bewegung und der persönliche Prozess des Lernens stehen. Als Interessierter ist man auf der Suche nach mühelosen Bewegungsabläufen, die eingewöhnte Bewegungsmuster langsam ersetzen sollen. Man lernt, die eigene Art der Bewegung zu erkennen und ausgehend von dieser Erfahrung überflüssigen Kraftaufwand aufzuspüren und ihn zu verringern. Diese Methode ist auch für jene gedacht, die aufgrund von Schmerzen und Bewegungsbehinderung einen neuen Umgang mit sich selbst finden möchten, um sich damit ihr Leben zu erleichtern.)

Für weitere Informationen siehe: www.feldenkrais.at

Tagebucheintragung
(August 1995)

Das Treffen mit dem Professor war unglaublich interessant! Zuerst hat er mich gebeten, ihm zu zeigen, wie ich mit meinen Krücken gehe, dabei hat er keine Miene verzogen. Ich hab überhaupt nicht gewusst, ob er zufrieden ist, mit dem, was er sieht. Danach musste ich mich hinlegen und mich bewusst nicht selbst bewegen. Der Professor hat meine Arme, Beine, Schultern und auch meinen Kopf gehoben, wieder gesenkt, daran gezogen und in alle möglichen Richtungen gedreht (sehr angenehm). Nach fünfundvierzig Minuten, die mir wie zehn vorgekommen sind, hab ich mich total entspannt gefühlt. Ja, ich hatte sogar den Eindruck, mein Kopf wäre leichter und ließe sich viel besser bewegen.

Ein paar Tage nach diesem Treffen bekam ich von Gloria einen Anruf, in dem sie mir die Schlussfolgerungen des Professors mitteilte. Was ich da zu hören bekam, war sowohl ein tiefer Schock als auch eine Bestätigung der Zweifel, die sich in meinem Unterbewusstsein eingenistet hatten. Der Professor war überzeugt, dass ich nicht mehr dazu in der Lage sei, ergonomisch richtig zu gehen. Nicht meine Beine, sondern meine Schultern, die durch die Achselstützkrücken extrem in Richtung Kopf gedrückt würden, müssten mein gesamtes Gewicht tragen, meinte er. Dies beeinflusse meine Atmung bereits jetzt äußerst negativ und würde sie in Zukunft noch weiter verschlechtern. Instinktiv wusste ich, dass er recht hatte. Jedes Mal wie vor einem Abgrund zu balancieren, wenn ich aufstand und ein paar Schritte ging, hatte genug Überwindung gekostet. Die ständige Angst vor Stürzen und ihren unabsehbaren Folgen erleichterte mir die ausständige Entscheidung: Ich stellte meine Krücken beiseite und griff sie nie wieder an. Erst nachdem auch meine Eltern meinen Entschluss akzeptiert hatten, fühlte ich eine schwere Last von meinen Schultern genommen. Jetzt war es klar: den Rest meines Lebens würde ich im Rollstuhl verbringen und seltsamerweise war ich darüber nicht traurig, sondern erleichtert.

Weiterbildung mit Hindernissen
(September 95–Juni 96)

Mein erster Tag in der Versicherungsschule kam einem Albtraum gleich. Ein Schock erwartete mich, als ich feststellte, dass sich die Unterrichtsräume im ersten Stock befanden und es keinen Aufzug gab. Dabei hatte ich mir an meinem letzten Schultag geschworen, mich nie wieder dieser Angst vor Stufen auszusetzen. Besonders ärgerte ich mich darüber, dass wir die Auskunft bekommen hatten, dass es mit dem Rollstuhl keinerlei Probleme geben würde. Natürlich nicht! Sobald man es irgendwie geschafft hatte, oben anzukommen. Während des Unterrichts auf die Toilette zu müssen, war keine besonders gute Idee, denn diese befand sich natürlich im Erdgeschoss. Der Ausblick, einmal wöchentlich für fünf Stunden in diesem rollstuhlfeindlichen Gebäude verbringen zu müssen, verleidete mir die Freude an der Fortbildung nachhaltig. Außerdem war ich die Einzige, die nicht bereits in einer Versicherungsgesellschaft arbeitete, sondern frisch von der Schule kam. Noch ein Grund mehr, mich als Außenseiterin zu fühlen! Erst als ich im Rhetorikkurs ein Spontanreferat zum Thema „Wie würde ich mir meine Rolle als Mutter vorstellen?" halten musste, hatte ich zum ersten Mal das Gefühl, von den anderen richtig wahrgenommen zu werden. Ich kam mir vorgeführt vor, schließlich war dieses Thema nicht nur intim, sondern auch heikel, danach hatte ich allerdings den Eindruck, durch meine Offenheit eine Barriere zum Einsturz gebracht zu haben. Von nun an fiel uns allen der Umgang miteinander leichter. Ich wurde in Gespräche verwickelt und traute mich auch darum zu bitten, ins Erdgeschoss getragen zu werden, wenn mich ein dringendes Bedürfnis plagte. In den Pausen wurde ich nicht mehr allein im Klassenraum zurückgelassen und zu Unterrichtsende sogar automatisch mit hinunter genommen.

Um mich während eines weiteren Wochentages zu beschäftigen, belegte ich einen Computerkurs am WIFI (Wirtschaftsförderungsinstitut), der sich aber als Fehlgriff herausstellte, weil ich mein Schulwissen unterschätzt hatte und mich nicht traute in den fortgeschrittenen Kurs zu wechseln. Somit waren zwei Wochentage vermurkst. Um dem Ganzen die Krone aufzusetzen, meldete ich mich für ein Studium bei einem Fernlehrinstitut an. Ich dachte, es wäre eine gute Idee, sollte ich Sekretärin werden, über Stenografie- und Maschinenschreibkenntnisse zu verfügen. Letzteres war das einzig Nützliche, dabei dauerte dieser Kurs insgesamt eineinhalb Jahre. Wenigstens konnte ich dafür zu Hause lernen und das, wann immer ich Lust dazu hatte.

Nachdem mein Jahr in der Versicherungsschule zu Ende war und ich die Abschlussprüfungen erfolgreich bestanden hatte, begann ich mich bei zahlreichen Versicherungsgesellschaften zu bewerben. Ich verschickte unzählige Jobanfragen und erhielt als Lohn einen Berg von Evidenzversprechen. Hätte ich mich jedoch auf die Zusicherungen verlassen, wieder von den betreffenden Gesellschaften zu hören, säße ich heute noch vergeblich vor dem Telefon. Es war eine deprimierende Zeit und zum ersten Mal wurde mir bewusst, dass ich es mir doch leichter vorgestellt hatte als Behinderte einen Job zu finden, als es tatsächlich war. Ich hatte die naive Vorstellung, dass eine gute Ausbildung genügen würde, um einen Arbeitgeber davon zu überzeugen, mich trotz meiner Behinderung einzustellen.

Im darauf folgenden Herbst wollte ich mich für den dreimonatigen Vorbereitungskurs zur Lehrabschlussprüfung anmelden und erlebte eine böse Überraschung: Ich durfte nicht zur Prüfung antreten, weil es Vorschrift war, dass ich entweder einundzwanzig Jahre alt sein oder über zwei Jahre Berufserfahrung verfügen müsse. Ich war rasend vor Wut! Ein Jahr hatte ich umsonst gelernt und umsonst die Schulgebühr bezahlt, denn keine Versicherung wollte mich einstellen und zwei Jahre warten, bis ich einundzwanzig Jahre alt sein würde, wollte ich auch nicht. Das soeben Gelernte hätte ich bis dahin längst wieder vergessen.

Als ich eines Tages beim Spazierengehen eine Werbetafel für die Ausbildung zur Europasekretärin sah, dachte ich, endlich etwas gefunden zu haben, das mir Spaß machen würde, schließlich hatte ich den Englisch- und Französischunterricht immer besonders gern gehabt. Leider scheiterte ich schon an der ersten Hürde; das Gebäude hatte keinen Aufzug!

Bewerbung beim Wiener Roten Kreuz
(November 1996)

Obwohl ich nicht mit einem positiven Ausgang rechnete, gab ich einem Verwandten von mir ein Bewerbungsschreiben für das Wiener Rote Kreuz mit. Einige Tage danach erhielt ich einen Anruf aus dem Direktionssekretariat und wurde zu einem Vorstellungsgespräch eingeladen. Ich war völlig überrascht und überlegte sofort, wie ich mich am besten kleiden würde, um trotz meiner Größe erwachsen zu wirken. Meine Eltern brachten mich mit unserem Auto in die Nottendorfergasse, zur Zentrale des Wiener Roten Kreuzes. Mich freiwillig in ein Gebäude zu begeben, in dem so viele Rettungsfahrzeuge herumstanden, amüsierte mich – war ich doch in der Vergangenheit oft genug als Patientin mit ihnen in Berührung gekommen.

Mein Bewerbungsgespräch verlief recht gemütlich. Der Direktor, ein Zigarre rauchender, eleganter Herr mit Brille und freundlichem Lächeln, versuchte mir meine Nervosität zu nehmen, indem er mich auf eine Tasse Kaffee einlud. Ich lehnte dankend ab, Herzklopfen hatte ich auch so schon genug. Er sah sich mein Maturazeugnis an und eröffnete mir danach, dass ich möglicherweise in einer Abteilung arbeiten würde, die sehr stark von Männern dominiert sei. Ob das ein Problem für mich darstelle, wollte er wissen. Es war mir völlig egal, sofern ich nur die Möglichkeit bekäme, zu beweisen, dass auch ich arbeiten konnte. Kurz darauf verabschiedete er mich und versprach, sich sobald als möglich wieder zu melden.

Schon am nächsten Tag erhielt ich seinen Rückruf, in dem mir der Direktor persönlich zu meinem Job gratulierte. Was ich in diesem Moment empfand, ist kaum beschreibbar. Am liebsten hätte ich gleichzeitig gelacht und geweint. Endlich gab mir jemand eine Chance!

Danach ging alles Schlag auf Schlag. Bevor ich im Jänner meinen neuen Job beginnen konnte, musste ich noch zweimal in die Nottendorfergasse; einmal, um im Personalbüro meinen Personalbogen auszufüllen und meinen direkten Vorgesetzten kennenzulernen, und ein weiteres Mal, um etwaige technische Hindernisse mein direktes Arbeitsumfeld betreffend abzuklären. Mein Schreibtisch musste niedriger gemacht werden und in eine an meinen Arbeitsplatz angrenzende Feuerschutztüre sollte ein Zephir eingebaut werden, der diese während meiner Dienstzeit offen halten und es mir so ermöglichen würde, selbstständig in andere Büros oder zur Toilette zu fahren.

Besonders gespannt war ich darauf, meine Kollegen kennenzulernen. Als ich feststellte, dass ich mit einer Frau zusammenarbeiten sollte, war ich sehr überrascht. Sie war nicht sehr groß, hatte rotbraune, kurze Haare, eine tief klingende Stimme und eine streng aussehende Brille auf der Nase. Vom Alter her hätte sie meine Mutter sein können, daher hoffte ich inständig, dass sie sich nicht als eine Kopie meines Originals entpuppen würde. Das Kind, das bemuttert werden musste, wollte ich hinter mir lassen, ein neues Leben wartete auf mich und ich war gespannt, ob ich ihm gewachsen sein würde.

Berufstätig
(Jänner 1997)

Mein Arbeitsplatz befand sich in einem großen, hellen Büro, unmittelbar neben der Leitstelle, dem Ort, an dem Notrufe eingingen und Krankentransporte disponiert wurden. Da „mein" Büro ein administrativer Angelpunkt des Rettungsdienstes war, lernte ich innerhalb kurzer Zeit unglaublich viele Menschen kennen. Die Flut an neuen Eindrücken war beachtlich und täglich erfuhr ich mehr über die Organisation eines Rettungsdienstes. Ich wurde mit Arbeiten aller Art betraut und versuchte schnellstmöglich alles aufzunehmen, was mir meine Kollegin erklärte, um bald selbstständig arbeiten zu können. Mehrmals täglich hörte ich den Notarztwagen mit heulendem Martinshorn davonfahren, nur wenige Augenblicke nachdem im ganzen Haus die Warndurchsage erklungen war. Direkt neben der Rotkreuz-Zentrale befand sich auch eine Feuerwache und an manchen Tagen schienen beide Einsatzkräfte um die Wette zu heulen.

Es gefiel mir, so am Puls des Geschehens zu sein. Es kam mir so vor, als wäre es Vorsehung, dass ich, die ich als Kind unzählige Male gezwungenermaßen in Kontakt mit Rettungsdiensten gekommen war, jetzt ausgerechnet für einen davon arbeitete. Bedachte man meine noch immer unveränderte Situation, meine „Brüchigkeit", konnte ich mir keinen besser geeigneten Arbeitsplatz wünschen, außer direkt in einem Spital vielleicht, aber das wäre dann doch zu viel des Guten gewesen. Diese Überlegung erwähnte ich eines Tages bei einem meiner Chefs und bekam daraufhin folgende scherzhafte Antwort:

„Wünsch dir nie, Erste Hilfe in einem Raum voller Sanitäter zu brauchen! Du würdest höchstwahrscheinlich mitansehen müssen, wie sie sich darüber streiten, wer, was, wann, wo und wie besser machen könnte."

Tagebucheintragung
(Februar 1997)
Schon seit langer Zeit hab ich mich nicht so zufrieden, ausgeglichen und glücklich gefühlt! Meine Arbeit macht mir sehr viel Spaß und jeden Tag lerne ich neue Leute und neue Arbeitsabläufe kennen. Mit meiner Kollegin, Waltraud, bin ich seit dieser Woche per Du – so arbeitet es sich eindeutig leichter und mit meinem zweiten Chef komme ich auch sehr gut aus. Hauptsächlich bearbeite ich Statistiken, eine etwas ermüdende, aber durchaus interessante Arbeit. Die anderen täglich anfallenden Aufgaben schaffe ich mittlerweile schon, ohne nachzufragen und auch das Telefonieren ängstigt mich nicht mehr.

Zum ersten Mal verliebt
(März 1997)

„Wart's nur ab, sobald du berufstätig bist, kommst mit den unterschiedlichsten Menschen in Berührung, vielleicht ist da ja auch jemand Besonderes dabei ...", hatte meine Mutter vor Monaten zu mir gesagt. Und wie dieser Jemand dabei war!

Es traf mich wie ein Blitzschlag und war nicht zu übersehen. Der betreffende junge Mann war einer der Fahrer, die mich täglich zur Arbeit und wieder nach Hause brachten. Schon als ich ihn das erste Mal sah, spürte ich das berühmte Kribbeln im Bauch. Ich versank in seinen wasserblauen Augen und sein spitzbübisches Lächeln verursachte mir rasendes Herzklopfen. Jeden Morgen war ich viel zu früh munter, so sehr freute ich mich auf Christian, das Opfer meiner Emotionen. Im Auto konnte ich nicht aufhören zu lächeln und war glücklich über jedes persönliche Wort, das er an mich richtete. Im Büro war ich so guter Laune, dass ich bald seltsam schelmische Blicke erntete. In meiner Naivität begann ich ein Freundschaftsband für ihn zu knüpfen und quälte mich wochenlang mit der Frage, ob ich es ihm schenken dürfte oder nicht. Trotz meines Wissens um seine Verlobung hoffte ich weiter, ihn eines Tages für mich zu gewinnen. Über meine Behinderung, meine Größe oder den Altersunterschied (fast zehn Jahre) machte ich mir überhaupt keine Gedanken. Ich verlor mich in Tagträumen und zählte verzweifelt die Tage bis zu seiner Abrüstung im Mai. Jede Minute wollte ich auskosten, für den Fall, dass wir uns nie wieder sähen. So glücklich und abgelenkt ich während meiner Arbeitszeit war, so betrübt war ich an den Abenden und Wochenenden. Meine Kollegin sah mich jeden Freitag an, als ob ich einem Irrenhaus entsprungen wäre, wenn ich verkündete, mich schon auf Montagmorgen zu freuen und zu hoffen, das Wochenende möge schnellstmöglich vergehen.

Ich kam sogar auf die absurde Idee, ihm zum Abschied seines Zivildienstes Ausschnitte aus meinem Tagebuch zu schenken, sozusagen als Erinnerung an unsere gemeinsam verbrachte Zeit (selbstverständlich hatte ich diese extrem umgeändert, um jede Spur von Verliebtheit zu entfernen). Dass die Absicht allein schon genug offenbarte, kam mir nicht in den Sinn. Die Überreichung sollte bei der von den Zivis selbst organisierten Abrüstefeier, zu der man auch mich eingeladen hatte, stattfinden. Er kniete sich theatralisch, mit Tränen der Rührung in seinen Augen zu mir herunter und umarmte mich. In diesem Moment empfand ich seine Geste als Lohn für all die verseufzten Abende und war einfach nur glücklich. Gott sei Dank öffnete er das Paket nicht an Ort und Stelle, ich wäre sonst vor Scham sprichwörtlich in Grund und Boden versunken.

Was musste bloß seine Verlobte gedacht haben, als ich einige Tage später bei ihm anrief und sie den Hörer abnahm. Ich stellte mir vor, wie sie zu ihm sagte: „Du, da ist die kleine Behinderte, von der du mir erzählt hast, die, die so verschossen in dich ist." Ihre Stimme gehört zu haben, holte mich mit Höchstgeschwindigkeit auf den Boden der Tatsachen zurück.

Ich sah ihn nur noch einmal wieder, und als er kein Wort mit mir sprach und mich kaum eines Blickes würdigte, spürte ich, dass ich darüber hinweg war. Ich hatte sie erfolgreich hinter mich gebracht, meine erste große, melodramatische Verliebtheit, und fühlte mich ein kleines bisschen erwachsener als zuvor.

Arbeit und Schmerzen

In der Schule war ich mit Abstand die Spitzenreiterin, was Fehlstunden und -tage betraf, in meinem Job bemühte ich mich nach Leibeskräften, täglich zur Arbeit zu erscheinen (dreißig Stunden pro Woche). Dankbar für die erhaltene Chance, wollte ich weder mir noch anderen meine Schwächen eingestehen. Mein Körper wusste es die ganze Zeit über besser und begann zu streiken. Durch unregelmäßige Ernährung (während der Arbeit dachte ich an Essen nur als lästige Ablenkung), tägliches Passivrauchen (das Büro war oft von Rauchern nur so belagert) und stundenlanges Sitzen (bis zu zehn Stunden am Stück), leistete ich dieser Entwicklung auch noch gehörig Vorschub. Ich wollte mir keine Rast gönnen, zu froh war ich darüber, aus meinem kleinen Zimmer zu Hause auszubrechen und für ein paar Stunden nicht die hilfsbedürftige Tochter, sondern die verantwortungsbewusste Angestellte zu sein. Trotz meiner körperlichen Unzulänglichkeiten machte mir die Arbeit viel Freude, vor allem, weil sich eine Vertrautheit mit meinen Kollegen einstellte, die mir gefiel. Ich wurde zwar wie das Nesthäkchen behandelt, aber das störte mich nicht, denn was meine geleistete Arbeit betraf, wussten alle, dass ich kein Kind war.

Tagebucheintragung
(15.3.)
Als ich ins Büro kam, hatte ich starke Schmerzen in den Rippen. Dann kam auch noch die Hiobsbotschaft, dass ich nächste Woche zum ersten Mal die Urlaubsvertretung für Waltraud übernehmen müsste. Diese Nachricht hat mich ziemlich nervös gemacht, aber auch neugierig, ob mein Wissen schon genügen würde, um die Situation zu bewerkstelligen.

Ich bin mir sicher, in meiner Wirbelsäule hat sich wieder etwas verschoben, weil ich unter der rechten Achsel so ein dumpfes Gefühl habe, aber ich kann und will mich einfach nicht damit auseinandersetzen. Erst wenn es sich ausbreitet, bleibt mir nichts anderes übrig, als in ein Spital zu fahren, aber davor hab ich schreckliche Angst.

Es dauerte natürlich nicht lange und mein Chef bemerkte, dass es mir nicht gut ging. Er bot mir an, mir dabei zu helfen, eine geeignete Therapie zu finden und meinte, es würde auch gar nichts ausmachen, wenn diese vormittags stattfände, dann würde ich eben nachmittags arbeiten. Dank einer der Notärztinnen, mit der mein Chef gesprochen hatte, bekam ich innerhalb kurzer Zeit einen Therapieplatz in einem Ambulatorium und meinen Schmerzen wurde mit Bewegungs- und Elektrotherapie zu Leibe gerückt. Dass ich dadurch ausschließlich Symptome bekämpfte, zögerte den Tag nur hinaus, an dem es zu einem Zusammenbruch kommen musste, schließlich hatte ich das Problem nicht an der Wurzel angepackt – an meinem körperlichen Raubbau.

Zwanzig Jahre alt

Tagebucheintragung
(30. April)
Heute standen bei der Arbeit plötzlich zwei Kollegen hinter mir und schoben mich einfach so aus dem Zimmer. Sie brachten mich in den Aufenthaltsraum der Sanitäter, wo sich etliche Zivildiener versammelt hatten. Sie unterhielten sich und taten so, als würden sie meine Anwesenheit nicht bemerken. Als dann Helmut, der Schülertransport-Disponent, den Aufenthaltsraum betrat, drehten sich alle wie auf Kommando zu mir um und wünschten mir alles Gute zum Geburtstag. Ich war so geschockt, dass es mir sprichwörtlich die Sprache verschlug. Alle hatten sie für mich zusammengelegt und eine Tischuhr aus Zinn, mit wunderschönen Jugendstil-Verzierungen gekauft. Jetzt weiß ich auch, warum mir Waltraud vor einigen Wochen einen Katalog mit Zinngeschirr auf den Tisch gelegt hat. Ich war hochrot vor Verlegenheit, als dann aber alle darin übereinstimmten, ich solle doch eine Rede halten, wurde mir auch noch heiß und mein Herz begann zu rasen. Nachdem wir mit einem Glas Sekt angestoßen und eine Weile geplaudert hatten, wollte ich zurück ins Büro, denn es wartete noch genug Arbeit auf mich.

Dort angekommen erwartete mich die nächste Überraschung, denn diesmal wurde ich von Waltraud mit bestimmter Stimme ins Chefzimmer gerufen. Nichts ahnend fuhr ich hinein und fand meine beiden Chefs, meine Kollegin und „unseren" Zivildiener aufgereiht wie die Zinnsoldaten. Einer hatte einen Blumenstrauß (übrigens einen riesigen!) in der Hand, die anderen jeweils ein Geschenk. Diese Menschen kennen mich erst seit kurzer Zeit und doch fühle ich mich wie in einer Familie aufgenommen. Ich finde es herrlich, so verstanden und respektiert zu werden. Es scheint mein Schicksal zu sein, gerade hier einen Job gefunden zu haben. Ich bin richtig glücklich!

Am selben Abend fand zum ersten Mal in meinem Leben eine Party für mich statt. Einige meiner ehemaligen Schulkolleginnen und Kollegen hatten sie organisiert. Es war eigenartig, obwohl ich mich unter Gleichaltrigen befand, hatte ich nicht das Gefühl, zu ihnen zu gehören. So, wie sie alle da saßen, rauchten, tranken und sich über Dinge unterhielten, die noch nie in meine Welt gepasst hatten, wusste ich, dass wir uns bald alle völlig aus den Augen verlieren würden.

Ich fragte mich, ob es nur das blöde Alter war, dass ich mir weder jung noch alt, weder unwissend noch wissend, weder naiv noch erfahren vorkam. Ich spürte nur diese Kluft zwischen uns. Vermutlich ging es den meisten Menschen so, die sich nicht für den Weg, den die Mehrheit einschlug, entschieden – unabhängig davon, ob sie es nun freiwillig taten oder sich gewissen Umständen beugten. Wahrscheinlich fühlte ich mich deshalb so unsicher, weil ich meine Entscheidungen immer basierend auf meinem gesundheitlichen Zustand treffen musste und nicht wie meine ehemaligen Mitschüler frei wie der Wind mal dieses mal jenes ausprobieren konnte. Wenn ich mich in ihrer Gesellschaft befand, begann ich meine Wahl, berufstätig zu sein, immer wieder zu rechtfertigen. Ich wusste, dass die meisten in ein paar Jahren ein fertiges Studium vorzuweisen hätten, und ich dann nicht mehr diejenige wäre, die als erste von ihnen einer geregelten Arbeit nachging, sondern diejenige, die kein Studium absolviert hatte.

Ich versuchte mich mit dem Gedanken zu trösten, dass ich keine außerordentlichen, für andere ganz normalen Dinge tun musste, um mich gleichwertig zu fühlen. Mein Alltag an sich war schon Herausforderung genug.

Ich als Lehrbeauftragte
(Juni 1997)

Während ich im Unreinen mit mir selbst war, wurde ich gebeten, im Ausbildungszentrum des Wiener Roten Kreuzes Zivildienern während ihrer Grundausbildung das Thema Behinderung näher zu bringen. Die Vorstellung, ausgerechnet vor jungen Männern einen selbstbewussten Eindruck machen zu müssen, beunruhigte mich. Gleichzeitig fand ich es doch spannend, diesen vor Gesundheit strotzenden jungen Männern etwas über körperliche Einschränkungen und ein Leben in Abhängigkeit erzählen zu können.

Erwartungsvolle, skeptische und gelangweilte Blicke trafen mich, als ich zu sprechen begann. Zur Einführung berichtete ich von den üblichen Problemen, mit denen sich Menschen im Rollstuhl konfrontiert sähen (unüberwindbare Stufen, unerreichbare Gegenstände, fehlende Aufzüge), aber es dauerte nicht lange, da begannen sich vereinzelt Stimmen zu melden, die wissen wollten, welche speziellen Probleme ich mit meinen Glasknochen hätte. Meine Größe schien für sie nicht von Bedeutung zu sein, was ich interessant fand, denn auch für mich war sie weniger wichtig als die Zerbrechlichkeit meiner Knochen. Je länger wir beisammensaßen und ich aus meinem Leben erzählte, desto mehr schien die Hemmschwelle zu schwinden, mich auch private Dinge zu fragen. Jemand wollte sogar wissen, ob ich mir denn überhaupt eine normale Beziehung vorstellen könne. Etwas überrumpelt war ich mir einen Moment lang nicht sicher, wie viel ich diesen Fremden erzählen konnte, ohne mich allzu sehr bloßzustellen. Ich antwortete, dass ich mir durchaus eine Beziehung vorstellen könne, schließlich wäre ich emotional gesehen völlig gesund und hätte die gleichen Bedürfnisse wie wahrscheinlich jeder in diesem Raum.

Ich erzählte ihnen davon, wie hilflos ausgeliefert man sich fühlte, wenn man bewegungsunfähig in einem Bett liegen musste und sich nicht einmal selbst waschen könne. Die meisten dieser jungen Männer waren noch nie vorher mit Krankheiten oder Behinderungen in Berührung gekommen, wie hätten sie sich daher vorstellen können, was es für die Psyche bedeuten kann, wenn man für jeden Handgriff Hilfe benötigt und wie wichtig es trotz allem ist, nicht der persönlichen Würde beraubt zu werden. Ich berichtete ihnen von meinem Wunsch, selbstständiger zu sein und vielleicht eines Tages in einer eigenen Wohnung zu leben, und ich gestand ihnen, wie schön es für mich sei, mich durch meine Berufstätigkeit endlich nützlich zu fühlen.

Je länger ich sprach, umso selbstbewusster wurde ich. Diesen neugierigen und aufgeschlossenen Menschen gegenüber zu sitzen und aufmerksam angesehen zu werden, war mir gar nicht so unangenehm, wie ich befürchtete hatte. Ich merkte, dass sogar ich als „Behinderte" voller Vorurteile steckte, Vorurteile darüber, was „Gesunde" denken mussten, wenn sie mich ansahen und wie „Gesunde" zu reagieren hätten, wenn sie mir begegneten. Ich hatte mich so oft darüber beschwert, dass ich angestarrt würde, ohne darüber nachzudenken, dass es nicht negativ gemeint sein musste. Mir wurde bewusst, dass ich andere Menschen mit Behinderungen genauso neugierig ansah, wie ich in diesem Augenblick von meinen gesunden Zuhörern angesehen wurde. In unseren Gedanken und mit unseren Blicken waren wir uns viel ähnlicher, als wir glaubten. Unser unterschiedliches Aussehen war nebensächlich, denn gleich anzusehen waren wir ohnedies nicht, ob nun behindert oder nicht.

Der Körper rebelliert
(Juli/August)

Je sicherer ich mich in meinem Arbeitsumfeld fühlte, je öfter ich als Erwachsene behandelt wurde, desto schwerer fiel es mir, zu Hause zurechtzukommen. Ich hatte das Gefühl, in einem Gefängnis zu sitzen – mein Drang nach Selbstständigkeit wuchs in gleichem Maße, wie mein körperliches Wohlbefinden abnahm. Ich hatte massive Essprobleme, meine Hausärztin meinte, ich würde knapp an der Magersucht vorbeischrammen und bräuchte nur so weiter zu machen, dann wäre ich auf dem besten Weg, mich völlig kaputtzumachen. Ich fühlte mich buchstäblich zerrissen. Mein Körper zeigte mir überdeutlich, wie schlecht es ihm ging, ich litt unter Schwindelanfällen, Kreislaufschwächen, Zitterattacken und Dauerschmerzen in Rücken und Beinen, aber mein Verstand wollte es nicht wahr haben. Obwohl ich auf einen Zusammenbruch zusteuerte, war ich unfähig etwas daran zu ändern. Die wenigen Stunden täglich, in denen ich in ein normales Leben eintauchen konnte, waren mir unendlich wichtig.

Ich hatte schon seit einigen Tagen Probleme mit meinem linken Arm, konnte mich nicht mehr richtig aufstützen und begann ihn, so weit es möglich war, zu schonen. Aus Erfahrung wusste ich, dass ich ab der ersten Schwäche (mein Arm war beim Abstützen eingeknickt) unvermeidlich auf einen Knochenbruch zusteuerte, was wenige Tage später auch eintrat. Das Schreiben am PC mit nur einer Hand war extrem zeitraubend, zum Antreiben des Rollstuhls musste ich die Beine einsetzen (einarmig kollidierte ich sonst ständig mit Möbeln, Mauern oder Menschen) und hatte ich ein dringendes menschliches Bedürfnis, musste ich erst Waltraud um Hilfe bitten. Mein Selbstbewusstsein, das gerade erst am Wachsen war, schwand sichtbar. Bei der unvermeidbarsten Sache der Welt auf Hilfe angewiesen zu sein, belastete mich sehr. Um diesem Problem zu entgehen, begann ich, nichts mehr zu trinken, was natürlich schnell zu anderen Schwierigkeiten führte, denn sonderlich konzentrationsfähig war ich auf diese Weise nicht. Nach fünf Wochen, nur wenige Tage vor der geplanten Gipsabnahme, hatte ich endgültig genug. Ich tat genau das, was ich während jeder Dusche penibel vermieden hatte, ich lehrte mir Wasser in den Gips und begab mich ins Krankenhaus. Wohl wissend, dass man mir wegen ein paar ausständigen Tagen keinen Neuen mehr verpassen würde, fuhr ich eine Stunde später im wahrsten Sinne des Wortes erleichtert wieder nach Hause.

Es geht bergab
(Oktober 1997)

Der Schmerz kam von einer Sekunde zur nächsten und wurde immer schlimmer. Anfangs dachte ich noch, ich würde es bis Dienstende um 15.00 Uhr schaffen, also noch drei Stunden, aber bald schwoll mein Knie immer stärker an. Es wurde die Dienst habende Notärztin gerufen, die sich zum Glück gerade nicht auf einem Einsatz befand. Als weder eine Schmerztablette noch ein Eisbeutel Linderung brachten, hängte sie mir eine Schmerzinfusion an und meinte, ich solle das sobald als möglich in einem Spital ansehen lassen. Dazu kam es aber schon innerhalb der nächsten Stunde, denn mein Knie war mittlerweile so prall wie ein Fußball und fühlte sich an, als könnte es jeden Augenblick platzen. Ich war völlig verwirrt, denn bislang war die Schwellung nie so extrem gewesen, auch wenn es meistens ein paar Tage gedauert hatte, bis sie ganz vergangen war.

Im Wiener Allgemeinen Krankenhaus, in das man mich gebracht hatte, dauerte es erst einmal eine Weile, bis ich einen Orthopäden zu Gesicht bekam. Er untersuchte mein Knie und teilte mir mit, dass er punktieren würde, um das angestaute Blut abzulassen. Danach sollten die Schmerzen erträglicher werden. Außerdem wurden zahlreiche Röntgenbilder von beiden Beinen gemacht (zum Vergleich, das kannte ich schon) und ein Bett auf der Orthopädischen Station für mich vorbereitet. Während der ganzen Zeit war Waltraud bei mir, mein Chef hatte erlaubt, dass sie das Büro zusperren und mich begleiten dürfe. Es tat so gut, nicht allein zu sein, besonders, als mir erklärt wurde, was die Ursache für mein Knieproblem sei: Beide Oberschenkelknochen hätten sich so stark zurückgebildet, dass sie nur mehr hauchdünn wären. Durch diese Rückbildung stünden die Marknägel sowohl an den Knien als auch an den Hüften weit aus dem Knochen heraus. Links wäre das Problem deshalb akuter, weil der Nagel, wenn ich das Knie abbog, am Knochen rieb, was die Blutergüsse verursache. Auf der rechten Seite stäche der Nagel „nur" ins Gewebe, daher hätte ich derartige Probleme dort nicht zu befürchten. Den Nagel kürzen oder entfernen könne man auf keinen Fall, da man sonst den Knochen völlig zerstöre. Es sei allerdings dringend nötig, eine längerfristige Lösung anzustreben. Der Orthopäde schlug vor, eine Art „Schutzhülle" aus menschlichem Knochen, um meinen dünnen „herumzulegen", die sich im Laufe der Zeit mit meinem eigenen Knochen verbände. Da diese Methode erst einmal ausprobiert worden sei, könne man nicht vorhersagen, ob es auch bei mir funktioniere. Man müsse erst abwarten, wie der Einheilungsprozess bei diesem anderen Patient vorangige, um meine Operation zu planen. Ich solle mir auf jeden Fall für Dezember einen Termin in der Ambulanz geben lassen, dann könne man mir sicher Genaueres sagen.

Tagebucheintragung
(Oktober 1997)

Tolle Aussichten!!! „Kommen's einfach her, wenn das Knie wieder Probleme macht, aber zu oft sollte man nicht punktieren, sonst ist es immer häufiger nötig und das wär nicht gut!", hat der Arzt gesagt. Na da kann ich ja nur hoffen und beten!

Ich versteh's einfach nicht! Wieso hab ich Oberschenkelknochen so dünn wie Papier? Obwohl ich es auf den Röntgenbildern gesehen hab, kann ich es nicht fassen. Jetzt versteh ich erst, warum ich beim Aufstehen immer das Gefühl hab, wie auf Schaumgummi zu steigen. Logisch, wenn meine Knochen unter meinem Gewicht nachgeben. Nicht einmal ein ganzes Jahr hab ich es geschafft, berufstätig zu sein, ohne es wieder mit einem blöden Spital zu tun zu bekommen. Es ist so verdammt ungerecht! Da bemüh ich mich Tag für Tag, endlich ein „normales" Leben zu führen und jetzt ist wieder alles ungewiss! Wie wird es weitergehen? Was ist, wenn die Ärzte nichts machen können? Wie oft wird mein Knie wieder so stark anschwellen? Werde ich weiter arbeiten gehen können? Ich bekomm den Kopf gar nicht frei vor lauter Fragen.

Auf in den Kampf
(Dezember 1997)

Es war eine scheußliche Zeit bis zum Ende meines ersten Berufsjahres. Ich musste weitere vier Male ins AKH zum Punktieren, danach war mein Knie so abgestumpft, dass die Schmerzen plötzlich nachließen. Um das Gefühl zu haben, auch aktiv etwas gegen meine Situation zu tun, meldete ich mich in der Hormon Ambulanz des AKH an, da ich mich darüber informiert hatte, dass die Knochendichte in direktem

Zusammenhang mit dem Hormonhaushalt des Körpers stünde. Ich wollte sie messen lassen und in Erfahrung bringen, ob ich etwas einnehmen könnte, das mir helfen würde. Dieses Bemühen hätte ich mir komplett sparen können, denn meine Knochendichte war fern des Messbaren und Tabletten würden bei meiner „Krankheit" sowieso nicht helfen, wurde mir gesagt, da mein Körper kein Kalzium, den Grundbaustein des Knochens, speichern könne.

    So desillusioniert fand ich mich kurz vor Weihnachten in der Orthopädie Ambulanz ein, um mir von einem gut gelaunten Arzt sagen zu lassen, dass ich für die erwähnte Operationsmethode infrage käme. Meine Reaktion konnte man nicht gerade als euphorisch bezeichnen, denn die Liste der etwaigen Risiken war ganz schön lang. Schließlich bekäme ich den Knochen eines verstorbenen Menschen implantiert, daher müsse man besonders darauf achten, dass ich keine Infektionen bekäme, hörte ich den Arzt dozieren. Die Vorstellung den Teil eines Toten in mir zu haben, gefiel mir gar nicht, trotzdem hoffte ich von ganzem Herzen, dass es klappen würde – zu viel hing davon ab. Die Abstände zwischen den beiden Operationen wolle man gering halten, weil ich mein Bein, solange der implantierte Knochen nicht eingeheilt sei, möglichst wenig bewegen dürfe und weil keine Bewegung für meine Grunderkrankung genau das Falsche sei. Mit einem Vormerkschein für eine Operation im April des nächsten Jahres fuhr ich nach Hause und wähnte mich in der trügerischen Gewissheit, den Beginn der Lösung meines Problems vor Augen zu haben.

Warten im Wandel der Jahreszeiten
(1998)

WINTER

In vier Monaten wird es so weit sein, die Operation, die Hoffnung geben, Schmerzen nehmen und ein neues Lebensgefühl schenken soll, wird endlich durchgeführt.

Nur noch zwei Monate, die Kalenderseiten wehen davon wie die letzten Herbstblätter im Wind, voll beschrieben mit Terminen, die ablenken. Noch bleibt genügend Zeit, zur seelischen Vorbereitung, noch existiert so etwas wie Alltag, auch wenn er von Schmerzen bestimmt wird. Arbeiten – wenig essen – immer wieder am Knie punktiert werden – nach Hause kommen – vor Erschöpfung hinlegen – auf den nächsten Tag warten.

FRÜHLING

In zwei Wochen wird es so weit sein – endlich. Die Schmerzen werden unerträglich, nichts macht mehr Freude, Angst ist ein ständiger Begleiter. Arbeiten werden abgeschlossen, keine längerfristigen Aufgaben mehr übernommen. Langsam beginnen Kollegen und Freunde Glück zu wünschen. Man wird von einem Arzt zum nächsten geschickt, wird röntgenisiert, gestochen, vermessen und dank zufriedenstellender Ergebnisse für operabel befunden.

Plötzlich, eine Woche vor dem Tag X: ein Anruf!

Die OP muss verschoben werden – Terminprobleme. Zitternd legt man den Telefonhörer auf. Man kann es nicht fassen – soll man jetzt erleichtert sein, oder sich ärgern? Nichts davon passiert, man ist wie erstarrt. Die ganze Vorbereitung war auf dieses eine Datum gerichtet, alle Kraftreserven darauf fokussiert. Woher soll man denn nur die Kraft für einen zweiten Anlauf nehmen?

Die Lage verschlechtert sich, der rechte Metallstift droht durch die Haut zu stoßen. Man werde ihn zurückschlagen, heißt es – kein Problem!

In wenigen Tagen ist alles überstanden, man ist wieder daheim und einer Sorge entledigt, als sich plötzlich ein seltsamer, faustgroßer Klumpen unter der Nahtstelle bildet. Man versucht das Bein zu bewegen, aber –

nichts geht mehr! Was ist da passiert, fragt man sich und die Ärzte! Der Nagel wäre erneut verrutscht und hätte das frisch operierte Gewebe dabei verletzt. Man müsse ihn dieses Mal nur richtig fixieren. „Komisch?!", fragt man sich, hatte man das denn nicht beim ersten Mal schon vorgehabt?

SOMMER

Jetzt gibt's nur noch eines: URLAUB!!! Aber er kann nicht unbelastet angetreten werden, denn noch ist man in Warteposition, den Termin für die „richtige" Operation zu erfahren. Man begibt sich eine Woche in eine Therme, in der Hoffnung, sich wenigstens für kurze Zeit Linderung zu verschaffen. Wasser ist das einzige Element, das zu diesem Zeitpunkt noch hilft. Man schwebt zwischen Himmel und Erde, Dampfschwaden hüllen den Körper ein und lassen die Gedanken schweifen.

Gut erholt, aber viel zu schnell wieder erschöpft fügt man sich erneut dem Arbeitsalltag, in der Hoffnung, im September endlich unters Messer zu kommen. Nie hätte man sich vorstellen können, etwas so Unangenehmes herbeizusehnen.

HERBST

Wieder ein Anruf aus dem Spital! Wieder eine Entschuldigung! Dieses Mal hätte eine Bakterienkolonie das Implantat verunreinigt – man wisse nicht, wie bald ein neues bereitgestellt werden könne. Hysterie und Nervenzusammenbruch kündigen sich an.

Endlich, im November, der erlösende Anruf! Ein Termin stünde fest – diesmal endgültig! Sofern nichts dazwischen käme natürlich! Über ein Jahr nach der Erstdiagnose wird es also im Dezember so weit sein! Noch vor Weihnachten würde man, wenn alles gut gehe, wieder daheim sein, wird versichert.

WINTER

Drei Tage noch! Wie schnell plötzlich die Zeit verflogen zu sein scheint! Man spürt gar keine Schmerzen mehr und fragt sich, ob diese Tortur denn überhaupt notwendig sei. Beim Blick auf die Uhr verkrampft sich der Magen, man beginnt schon die Stunden zu zählen. Das Essen verliert seinen Geschmack, Fernsehen schauen kann nicht mehr begeistern, ein Spaziergang stimmt eher wehmütig – man fragt sich andauernd, wie die nahe Zukunft aussehen wird.

Morgen – oh Gott! Morgen ist es so weit! Was wird geschehen? Wird alles gut gehen? Werden die Schmerzen Vergangenheit sein? Wird man wieder arbeiten können oder wird man zum Pflegefall? Morgen – werden Nadeln in Arme gestochen, ein Bein aufgeschnitten, ein Körper an Schläuche gehängt. Man hofft, dass die Menschen in ihren grünen Operationsanzügen dieses Mal ihr Bestes geben werden. Ob sie verstehen, wie schwer es fällt, zu vertrauen? Ob sie auch nur ahnen, wie viel Angst hinter der lächelnden, kontrollierten Fassade ihrer Patientin steckt?

Eine Nacht noch, dann wird künstlicher Schlaf die Seelenpein beenden. Man beruhigt sich mit dem Gedanken, scheinbar im selben Augenblick einzuschlafen und wieder aufzuwachen. Man betet in dieser letzten, schrecklichen Nacht davor, um ein bisschen Vergessen schenkenden Schlaf. Man schluckt eine Tablette und lauscht in die schlurfende, piepende, rasselnde, röchelnde, schnarchende Halbfinsternis eines fremden Spitalszimmers.

Da kommen sie! Man wird abgeholt. Wo Sekunden vorher noch ein wild hämmerndes Herz in einer beengten Brust geschlagen hat und Wirbelsturmgedanken den Kopf verdreht haben, kehrt plötzlich Ruhe ein. Eine seltsame Klarheit macht sich breit, man ist bereit wie noch nie zuvor, sich dem Unvermeidbaren zu stellen, nur in den Kiefergelenken spürt man die Anspannung. Noch bevor man dazu kommt, sich zum tausendsten Mal Sorgen zu machen, fließt eine kühle Flüssigkeit durch die Venen und eine wohlige Schwere legt sich über den Körper. Der letzte Blick richtet sich voller Zuversicht gegen das grelle Licht der kreisrunden Operationsleuchte: „Bitte, pass gut auf mich auf!", denkt man noch schnell.

Hoffen und wieder warten
(Jänner 1999)

Meine Ärzte zeigten sich überrascht, dass alles so „reibungslos" vonstattengegangen war und es auch danach keinerlei Anzeichen für eine Infektion gab. Ich kam sogar ohne gefürchteten Liegegips aus, musste allerdings während der drei Wochen im Spital absolute Bettruhe einhalten. Für zu Hause wurde mir empfohlen, mein Bein so wenig wie möglich zu bewegen, um den Einheilungsprozess nicht zu gefährden. (Sitzen durfte ich aber wieder.) Wie schon vor einem Jahr besprochen, wirkte sich diese notwendige Ruhephase negativ auf meinen Gesamtzustand aus, die Muskulatur wurde schwächer und somit auch mein Rücken wieder schmerzanfälliger. Um mich nicht zusätzlich zu belasten, versprach man mir, mich in spätestens fünf bis sechs Wochen am anderen Bein zu operieren ...

Das Netz der unbegrenzten Möglichkeiten

Während der vergangenen Monate hatte sich mir das Internet als Fenster zu einer bislang noch unerforschten Welt offenbart. Nicht nur sah ich mich einer ungeahnten Datenflut gegenüber, ich bekam auch die Möglichkeit, neue Kontakte zu knüpfen. Mein Bruder, in dessen Zimmer der Computer stand, musste mich oft spät nachts aus seinem Reich hinauskomplimentieren, weil ich vor lauter Chatten die Zeit vergessen hatte.

Ich nützte das Internet aber auch zu umfangreichen Recherchen über meine Krankheit, über die ich bis dato nur das wusste, was mir selbst widerfahren war. Ein Arzt hatte mir gegenüber geäußert, dass ich als Patientin eigentlich mehr über meine Krankheit zu wissen hätte als er. Diese Aussage lag mir schwer im Magen, ich fühlte mich richtig schuldig, mich nicht schon längst genauer erkundigt zu haben, aber sie stachelte mich auch gehörig dazu an, das jetzt nachzuholen.

Email
(Jänner 1999)

Hallo Gloria!

Du weißt ja, dass ich im www ein Buch über meine Krankheit gefunden habe (Petra Mittel: „Mama, ich bin nicht anders").
Mittlerweile hab ich es ausgelesen. Es war eigenartig, zu lesen, dass auch andere mit den gleichen Problemen zu kämpfen haben: mit den „liebenswerten" kleinen oder größeren Knacksern, der mangelnden Information durch Ärzte und den psychischen Problemen, die sich aus alledem ergeben. Mit der schwierigen Situation innerhalb der Familie und der Zerreißprobe der elterlichen Ehe.
Bevor ich den PC hatte, wusste ich so gut wie nichts über meinen „Zustand", seit ich das www hab, weiß ich genug, um mich als mündige Patientin besser behaupten zu können.
Leider ist es nicht sehr vertrauenserweckend, wenn ich als Patientin mehr über meine Krankheit wissen muss als der behandelnde Arzt.
Ich bin deshalb ziemlich aufgeregt und auch gespannt, ob mir mein neu erworbenes Wissen im AKH hilft.
Schönen Abend oder Tag noch (je nachdem, wann du diese Nachricht liest) Viele liebe Grüße und bis bald!
Evelyn

Wiederholungen gefallen nicht

Aus den versprochenen fünf bis sechs Wochen Wartezeit wurden Monate und ich musste mir überlegen, wie lange ich noch im Krankenstand bleiben könnte. Mein Chef war sehr rücksichtsvoll, er riet mir, den noch ausstehenden Urlaub aufzubrauchen und den Rest der verbleibenden Zeit nur so viele Stunden zu arbeiten, wie es meine körperliche Verfassung zuließe. Ich war erleichtert über so viel Entgegenkommen, obwohl ich ständig früher nach Hause fuhr oder erst gar nicht ins Büro kommen konnte. Dass ich auch von daheim aus arbeiten konnte, beruhigte mein Gewissen überhaupt nicht. Ich wollte nur meine Arbeiten wieder ohne Verzögerungen abliefern und mich nicht ständig für meinen schwächelnden Körper entschuldigen müssen. Die zweite Operation sollte endlich über die Bühne gehen, es wurde höchste Zeit!

Als der Termin im März erneut platzte, weil angeblich eine unvorsichtige Krankenschwester den Behälter mit meinem Implantat geöffnet und es dadurch kontaminiert hätte, konnte ich in meiner Verzweiflung nur mehr lachen. Ich kam mir vor wie in einem schlechten Film oder einem supergenialen Kabarettprogramm ... Man bedaure außerordentlich, dass man mir – schon wieder – nicht sagen könne, wann ein neues Implantat für mich bereitstünde. Der Gedanke, dass so etwas Spezielles wie ein Oberschenkelknochen, der extra für mich reserviert worden war, einfach so verunreinigt und unbrauchbar gemacht werden konnte, leuchtete mir nicht ein. Am liebsten hätte ich mit den Fäusten gegen sämtliche mich umgebende Wände gehämmert, hätte ich mich dabei nicht der Gefahr ausgesetzt, mir beide Arme zu brechen.

Wie das Leben so spielt
(Juli bis September 1999)

An einem schönen Frühlingsmorgen einige Monate zuvor hatte mich Peter das erste Mal abgeholt. Als er mich ins Auto hob, fühlte ich mich in seinen Armen sicher und er war angenehm gesprächig. Ohne Umschweife ergab sich eine nette Unterhaltung und Peter erzählte gut gelaunt von seinem „Titanic"-Wochenende und davon, wie gut ihm der Song

„My heart will go on" von Celine Dion gefallen hätte. Endlich einmal jemand auf meiner Wellenlänge, dachte ich. Hoffentlich würde er mich oft abholen, dann wären die zwanzig Minuten über den vom Stoßverkehr verstopften Franz Josefs Kai nicht so langweilig.

Nach der zweiten gemeinsamen Fahrt fragte mich Peter völlig überraschend, ob ich Lust hätte, einmal mit ihm ins Kino zu gehen. Obwohl ich mir eine Frage wie diese schon seit meiner Pubertät, die ja gerade erst zehn Jahre her war, gewünscht hatte, fühlte ich mich zu einer dämlich glotzenden Puppe erstarren – in meinem Gehirn schien sich wie auf Knopfdruck ein Vakuum ausgebreitet zu haben. Das Umspringen der Ampel von Rot auf Grün erlöste mich aus meiner Erstarrung. Inständig hoffend, dass Peter meine Verlegenheit nicht gemerkt hatte, antwortete ich: „Na klar, gerne!"

„Ja super, ich ruf dich dann mal an und wir machen uns was aus", kündigte er an. Dass Peter noch am selben Nachmittag anrief und mich für den nächsten Tag in einen romantischen Film einlud (ich durfte wählen!), versetzte mich in Hochstimmung.

Bei dem einen Mal blieb es nicht, Peter holte mich zu einem Spaziergang an der neuen Donau ab, fuhr mit mir bei Dämmerung auf den Leopoldsberg, um mir Wien bei Nacht zu zeigen und nahm mich zu seinem Lieblingsplatz in der Nähe des Flughafens WienSchwechat mit, von wo aus man einen unmittelbaren Blick auf die abfliegenden Maschinen hatte. Jedes Mal verbrachten wir unterhaltsame und schöne Stunden miteinander. Ich brauchte nicht lange, um mich in Peter zu verlieben, was auch kein Wunder war, denn er hatte ein sehr gewinnendes Wesen. Dass er größer war als ich, verstand sich von selbst, schließlich waren nur kleine Kinder und Hunde unterhalb meiner Augenhöhe, trotzdem war er für einen Mann eher kurz geraten. Mich störte das gar nicht, im Gegenteil, ich fand es sehr bequem, mir nicht immer den Nacken zu verrenken, wenn er neben mir stand. Er hatte blond gefärbtes Haar, einen klitzekleinen Bauch, den er unter lockeren T-Shirts zu verstecken versuchte, und lachte viel und gern. Der Rollstuhl schien ihm gar nichts auszumachen – kein einziges Mal hörte ich einen Laut des Missfallens, wenn er meinen fahrbaren Untersatz wieder und wieder auf- und zuklappen und ins Auto bugsieren musste. Er stellte sich sehr geschickt an und gab mir damit das Gefühl, ihm niemals zur Last zu fallen.

Ja, ich war verliebt. Was zum gegebenen Zeitpunkt sehr hilfreich war, denn nicht nur vergaß ich für einige Stunden die immer schlimmer werdenden Schmerzen in den Beinen, Peter ließ mich sogar die Angst vor der bevorstehenden Operation verdrängen und das war gut so.

Eine Woche vor meinem Aufnahmetermin im AKH fuhren wir in den Wurstelprater. Insgeheim hoffte ich, dass Peter, nachdem wir uns jetzt doch einige Wochen kannten, endlich aus sich herausgehen und mich nicht länger zappeln lassen würde. Ständig fragte ich mich, wieso er die romantischen Situationen, die sich ergaben, nie nützte. Weder das Mondlicht über Wien noch die romantische Fahrt mit dem Blumenrad in luftiger Höhe hatten ihn aus der Reserve gelockt. Zu gerne wäre ich neben ihm gesessen, nachdem er mich so behutsam in die Gondel gehoben hatte, doch er setzte sich einfach mir gegenüber. Als er mich vorsichtig durch das Menschengetümmel schob, begann mein Herz schwer zu werden. Da gab er sich offensichtlich so viel Mühe mit mir und doch hatte er mich kein einziges Mal berührt, ohne dass es die Situation erfordert hätte. War ich schon wieder einer Illusion verfallen?

„Du, ich muss dich jetzt einen Moment allein lassen, ich hol nur noch schnell eine Schaumrolle für mein Mausi!" Wie eine Comicfigur, über deren Kopf eine Sprechblase mit drei Zeilen voller Fragezeichen schwebte, ließ mich Peter verwirrt zurück. Nannte er MICH jetzt „sein Mausi"?, oder hatte er eine Freundin zu Hause, die gerne Schaumrollen aß, oder war er gar so tierlieb, dass er seinem Hund, falls er einen hatte, eine Näscherei mitbringen wollte?

Als er den Einkauf fröhlich vor sich hin schwenkend zurückkam, schwieg ich irritiert. Erst auf der Rückfahrt fragte ich vorsichtig:

„Sag, hat denn deine Freundin gar nichts dagegen, dass du mitten in der Nacht noch mit einer anderen herumfährst?" Schweigen! Keine einzige Reaktion entlockte ihm dieser Vorstoß. Jetzt endgültig verunsichert verstummte ich. Nur Joe Cockers „You can leave your head on" tönte höhnisch durch den beleuchteten Fond seines Wagens.

Sechs Tage später saßen wir im Kaffeehaus des AKH, meine OP war für den folgenden Tag angesetzt und Peter wollte endlich Klarheit zwischen uns schaffen:
„Wie du vielleicht bemerkt hast, habe ich auf deine Frage wegen der Freundin nicht reagiert."
„Jaaaa, ich erinnere mich." *Und wie!*
„Also, ich kann es nicht länger verheimlichen. Ich lebe in einer Beziehung *(Dachte ich's mir doch!)*, aber es ist keine Beziehung zu einer Frau. *(Nein?!)* Ich lebe schon seit vier Jahren mit einem Mann zusammen ... Ich hab lang überlegt, ob ich es dir sagen soll, hätt' ich es aber nicht getan, hätt' eine Freundschaft zwischen uns keinen Sinn gehabt."
Ich hatte keine Ahnung, welches Gesicht ich in diesem Moment machte – ich kam mir vor, als wäre ich Akteurin in einer Seifenoper. *Das war es also!* Hatten mich meine Gefühle doch nicht getäuscht. Irgendetwas hatte nicht gestimmt, aber DAS hatte ich nicht erwartet.
„Gut, dass du's mir gesagt hast. *(Ja, und wie gut, denn ich hätte es keinen Tag länger ausgehalten.)* Danke, dass du so viel Vertrauen zu mir hast. Ich hab kein Problem damit, schließlich bleibst du doch der selbe! Ob so oder so!"
(Warum bin ich nicht von selbst darauf gekommen? Bin ich so naiv? Deshalb also kein Näherkommen!)
Ich kam mir wie eine schlechte Schauspielerin vor. Eigentlich wollte ich tapfer und großherzig sein, doch in meinem Inneren war ich verzweifelt. Plötzlich kam mir der Gedanke, dass die Sache einer gewissen Komik nicht entbehrte. Ich, die Behinderte, hatte mich ausgerechnet in einen homosexuellen Mann verliebt!
Wir unterhielten uns noch eine ganze Weile und plötzlich standen wir uns näher als zuvor. Da wir beide füreinander Neuland waren, brauchten wir uns unserer Ängste nicht zu schämen. Mit dem Thema Homosexualität war ich zwar bislang noch nie persönlich in Berührung gekommen, war aber trotzdem oder gerade deshalb unvoreingenommen. Es fiel mir nur schwer, manche Dinge beim Namen zu nennen, aus Angst, etwas Falsches oder Unpassendes zu sagen. Als ich statt des gebräuchlichen Ausdrucks „Outing" „Offenbarung" sagte, lächelte Peter leicht irritiert, korrigierte mich diskret und versicherte mir, dass sich meine Unsicherheit legen würde.

Der Zeitpunkt, um mir diese Neuigkeit zu sagen, war zwar nicht gerade gut gewählt, aber wenigstens dachte ich nicht nur an die bevorstehende OP. Peter reagierte sehr feinfühlig. Auf die ihm eigene herzliche Art kniete er sich neben den Rollstuhl und umarmte mich. Es kam mir vor wie eine Ironie des Schicksals. Solange ich gedacht hatte, es bestünde eine Chance, dass er sich in mich verlieben könnte, waren wir uns fremd. Seit ich wusste, dass es nie so sein würde, kamen wir uns sogar körperlich nahe. Verrückte Welt! Und doch genoss ich jede Sekunde dieser Umarmung, denn mich geborgen zu fühlen war genau das, was ich jetzt brauchte.

Zukunftspläne
(Dezember 1999)

Während meines dreiwöchigen Aufenthalts im AKH hatte ich viel Zeit, mir Gedanken über meine Zukunft zu machen. Meine Tante und meine Bettnachbarin, eine junge Frau namens Monika, die es selbst gerade alles andere als leicht hatte, machten mir Mut, mich vorerst auf meine Genesung zu konzentrieren und dann meine Ziele Stück für Stück zu verwirklichen. Ich träumte davon, endlich von daheim auszuziehen. Den ersten Schritt dafür hatte ich durch meinen Job schon getan – am Finanziellen lag es also nicht. Mir war klar, dass ich niemals ohne fremde Hilfe meinen Alltag bewältigen würde können, deshalb schwebte mir vor, mich in einer betreuten Wohngemeinschaft anzumelden. An einem Ort zu wohnen, der mir eine gewisse Privatsphäre gewährte und an dem trotzdem rund um die Uhr jemand anwesend wäre, um im Notfall helfen zu können, schien mir eine realistische Option zu sein.

Den Ärzten im AKH fiel ich mit der Forderung auf die Nerven, mir so bald als möglich eine geeignete Physiotherapie zu ermöglichen, weil mir plötzlich nichts schnell genug gehen konnte. Ich hatte mir angewöhnt, ohne Umschweife zu sagen, was ich dachte, brauchte und für richtig hielt. Noch vor Kurzem hatte man über meinen Kopf hinweg mit meiner Mutter gesprochen, wenn es um wichtige Entscheidungen ging, doch damit war jetzt endgültig Schluss. Ich war zweiundzwanzig Jahre alt, zwar klein wie eine Fünfjährige, aber gerade deshalb nicht zu unterschätzen.

Wieder daheim bewarb ich mich sofort um einen Platz in einer betreuten Wohngemeinschaft, was meinen Eltern überhaupt nicht gefiel. Ich wollte ihnen damit zeigen, dass es mir ernst war und ich wirklich aktiv etwas an meiner Situation verändern wollte. Ich hoffte, dass ich, sobald eine Entscheidung anstünde, doch auf ihre Unterstützung würde zählen können. Es musste ihnen ja genauso wie mir bewusst sein, dass sie nicht jünger wurden und nicht immer für mich da sein könnten, so sehr sie es auch wollten. Deshalb war es mir unglaublich wichtig, rechtzeitig eine für alle Beteiligten annehmbare Lösung zu finden.

In Scherben

**Tagebucheintragung
(Dezember 1999)**
Ich taumle, ich falle, möchte mich an etwas festhalten, aber es gibt keinen Halt. Bei meiner Kontrolle im AKH ist mir jeglicher Boden unter den Füßen weggezogen worden. Wieder einmal scheint alles umsonst gewesen zu sein. All die Qualen, die zwei Operationen, die Ängste – und wofür? Der linke Oberschenkelknochen wird bald wieder so aussehen wie vor einem Jahr, weil sich das Implantat bereits zurückbildet. Der rechte Knochen verheilt zwar gerade gut, letztendlich wird er in einem Jahr aber genauso dünn und brüchig sein wie zuvor. Das betretene Schweigen der Ärzte und die resignierende Gestik sprechen Bände. Ich weiß, woran ich bin. Ich sehe einer Zukunft mit weiteren Schmerzen entgegen und der quälenden Frage, wie

lange ich überhaupt noch sitzen werde können. Wie soll ich damit nur zurechtkommen? Ich will Mama und Papa nichts davon sagen, sie würden sich noch mehr Sorgen machen und mir das Loslösen zusätzlich erschweren. Trotzdem muss ich einen Weg finden, wie ich mein Leben selbstständiger gestalten kann.

Halt

Halt
Gebt mir Halt!
Hände, die mich halten –
ganz fest.
Einen Menschen, dem diese Hände gehören,
der ihn mir geben kann,
den Halt, den ich brauche.

Geborgenheit
Lasst sie mich fühlen!
Eine Umarmung genügt.
Einen Menschen, der spürt, dass ich sie brauche –
gerade jetzt und mehr als alles andere auf der Welt.

Zuversicht
Schenkt sie mir!
Sagt mir, dass es Hoffnung gibt.
Einen Mund, der diese tröstenden Worte spricht:
„Du bist nicht allein – ich bin für dich da – wirst sehen, es wird
wieder besser werden"

Angst

Angst wovor?
Vor Schmerzen!
Vor Einsamkeit!
Vor der Zukunft!

Sucht nach Ablenkung!
Suche nach Frieden, Geborgenheit, LIEBE

Wunsch – Traum vom normalen Leben

Sehnsucht nach Unerreichbarem,
verkriechen in vier Wänden.
Geschlossene Türen schotten ab,
Musik entführt in eine Traumwelt,
doch ist die Angst ein treuer Reisebegleiter.

Fragen über Fragen!
So viele Gefühle –
wohin führen sie?
Was wird aus mir?

Eifersucht auf schmerzfreie Menschen quält mich,
Wut über die ungerechte Verteilung des Glücks lässt mich rasen.
Der Schrei nach Freiheit drängt sich in den Vordergrund,
meine Angst will ihn unterdrücken, doch er ist stärker.

Ein Lächeln auf fremden Gesichtern – es ist schön,
hilft aber doch nicht gegen die Einsamkeit.
Wer traut sich, diese Mauer um mich einzureißen?
Diesen Kokon aus Stahl – mein Zuhause.
Vertraut und doch gefangen – wohlig und doch beengend.

*Mich dürstet nach einer liebenden Umarmung wie den Verdurstenden
nach Wasser.
Was wird aus mir?
Ist ZUKUNFT nur ein Wort?*

*ANGST, ANGST, ANGST
Wohin führst du mich?
Warum kann ich gegen dich nicht an?
Du bist ein übermächtiger Gegner, einschüchternd und doch immer
an meiner Seite – bist genauso überflüssig wie meine Schmerzen!!!*

*Was will ich eigentlich?
Weiß ich das überhaupt?
So viel zu sehen, zu erleben und doch gefangen.
Gefangen in einem Körper, lästig, unbrauchbar, belastend, hässlich.
Mitleiderregender Anblick.*

*Wo ist der Mensch, der mich mit wahrer Liebe anblickt?
Zu viel verlangt – viel zu viel, zu viel, zu viel!
Kann mich doch selbst nicht akzeptieren, wie soll es dann ein
anderer?*

*Verbittert?
Ein bisserl.
Hoffnungslos?
… nein … nicht wirklich …*

*Hoffnung ist immer da,
auch wenn sie manchmal von trüben Gedanken verdunkelt wird.
Winzig klein wie ein Staubkorn, eingepflanzt in meinem Herzen.
Wartet dort, bis ich aufgeben will, dann erscheint sie mir – wie ein
tröstender Lichtstrahl am Horizont.*

*Eine wohlige Wärme breitet sich aus,
Ruhe und Frieden durchströmen mein pochendes Herz,
Freude, ein viel gerechteres Gefühl als Verzagtheit, breitet sich aus.*

*Vorbei ist der Sturm,
geordnet das innere Chaos – bis zum nächsten Ausbruch!*

Tagebucheintragung
(Dezember 1999)
Ich war wieder im AKH. Es hieß, man müsse den Nagel (die einzige stabile Verbindung zwischen meiner Hüfte und meinem Knie!!!) entfernen, um dem Implantat die Möglichkeit zu geben, die Tragefunktion des Knochens zu übernehmen. Nur dann bestünde die Chance, dass es nicht ganz verschwindet. Auf meine Frage, was passiere, wenn das nicht funktioniere, meinte Dr. K., dass mir keine andere Wahl bliebe. Wie um alles in der Welt glaubt er, soll ich mit der Angst leben, dass mein Oberschenkel jederzeit wieder brechen könnte. Ich hab ihn danach gefragt und er hat gemeint: „Es ist durchaus möglich, dass das Bein bricht, sobald sie sich aufsetzen, aber damit müssen Sie einfach leben." Der hat sie wohl nicht alle!!! Er ist der Ansicht, dass man mit einer gezielten Kalziumtherapie den Knochen so weit stärken könne (jetzt auf einmal soll das doch gehen?), dass das Bruchrisiko sinke und falls er doch breche, man den Nagel ja „einfach" wieder einsetzen könne.

Ich hab endgültig die Nase voll! Ich bin doch kein Versuchskaninchen! Ich such mir einen anderen Arzt. Wahrscheinlich hätte ich das schon viel früher tun sollen, aber wenn man so von Schmerzen geplagt wird, kann man nicht klar denken. Ich hab von Peter die Nummer eines sehr guten Orthopäden bekommen. Mal sehen, was der dazu sagt! Auf jeden Fall werde ich die Dinge jetzt selbst in die Hand nehmen. Ab sofort lass ich mich nicht mehr für dumm verkaufen!

Besuch einer betreuten Wohngemeinschaft
(März 2000)

Meine Eltern wollte ich bei der Besichtigung der Wohngemeinschaft auf keinen Fall dabei haben, deshalb bat ich Peter, mich zu begleiten. Ich wollte mir die Gegebenheiten erst einmal unvoreingenommen ansehen und die negative Einstellung meiner Eltern hätte mich dabei nur irritiert.

Die WG befand sich in dem Häusermeer der Donaucity. Wie mir der Betreuer erklärte, war diese Adresse aber nur eine Übergangslösung, denn es würde gerade ein neues Haus gebaut, das im November bezugsfertig sei. Aus diesem Grund war mir die Optik der Räumlichkeiten ziemlich egal, Hauptsache war, ich würde ein eigenes kleines Apartment mit Bad und WC zur Verfügung haben. Da es Vormittag war und alle Bewohner bei der Arbeit waren, konnte ich den Betreuer ungestört ausfragen. Morgens würde den Bewohnern Hilfe beim Waschen oder Duschen zur Seite stehen. Auch während des Frühstücks, das gemeinsam eingenommen würde, wäre stets eine Betreuungsperson anwesend. Mittagessen gäbe es keines, da alle Bewohner berufstätig wären und erst nachmittags wiederkämen. Während dieser Zeit hielte sich nur eine Putzfrau in der WG auf. Das Abendessen würden dann alle gemeinsam zubereiten, wobei jeder nach seinen Möglichkeiten mithelfen könne.

Da ich wegen meiner Schmerzen oft zu Hause arbeitete, sah ich das erste Problem auf mich zukommen. Der Betreuer versicherte mir allerdings, dass man sicher eine Lösung für meine spezielle Situation finden würde. Schließlich wären andere Bewohner ja auch von Zeit zu Zeit krank und müssten betreut werden.

Es sah so aus, als hätte ich genau das gefunden, wonach ich suchte. Ich hätte Freiraum, aber doch die Sicherheit, jemanden in meiner Nähe zu wissen, sollte ich etwas brauchen. Finanzierbar wäre die Sache über mein Gehalt, das abgesehen von einem monatlichen Taschengeld von ungefähr 2200 Schilling (ca. 160 €) komplett einbehalten würde. Ich fand diese Regelung gar nicht so schlecht, bedachte man, dass ich die Summe für meine privaten Bedürfnisse zur Verfügung hätte.

Ich bat darum, mich für November auf die Warteliste zu setzen, und es wurde mir versprochen, dass man sich bis September bei mir melden würde, um alle Einzelheiten zu klären.

Die Zweitmeinung
(März 2000)

Professor G. wirkte sehr vertrauenswürdig. Seine Vorgehensweise, meine Röntgenbilder, die ich ihm im Jänner gebracht hatte, seinen Kollegen in Deutschland und in der Schweiz zu zeigen, sprach für ihn. Ich fand es beruhigend, an einen Arzt zu geraten, der nicht dachte, er hätte die Lösung für jedes Problem von vorneherein gepachtet. Trotzdem hatte ich Angst und konnte beinahe fühlen, wie sich tiefschwarze Wolken über mir zusammenbrauten. Alle drei Ärzte waren sich einig darüber, dass meine Wirbelsäule ein sehr großes Problem darstellte, aber das sei momentan nicht vorrangig. Was Professor G. zum Zustand meiner Beine sagte, gefiel mir gar nicht. Er meinte, man müsste die Marknägel unbedingt entfernen und gegen zu verschraubende Metallstäbe austauschen, wobei auch gleich die Fehlstellungen der Knochen korrigiert werden müssten. Er ließ mich nicht in dem Glauben, dass dieses Unterfangen ein leichtes wäre, sondern sagte mir klar und deutlich, dass er sich nicht sicher wäre, ob die Operationen funktionieren würden. Ob man nämlich in meine Knochen hineinbohren könnte, würde er erst feststellen, wenn er schon dabei wäre.

Danach müsste ich drei Wochen in einer Gipshose liegen, damit sich die implantierten Teile im Knochen stabilisieren könnten, erklärte er mir. Warum unbedingt eine Gipshose nötig sei, wo doch nur ein Bein in einer OP versorgt würde, begründete der Professor damit, dass auf diese Weise bei der Pflege im Krankenhaus nichts passieren könne. Bei dem Gedanken schon wieder in so einem Ungetüm eingesperrt sein zu müssen, lief es mir eiskalt über den Rücken. Erst nach Ablauf der Liegezeit, wenn ich mich das erste Mal aufsetzen dürfte, würde man sehen, ob die Metalle in meinen Knochen auch halten würden.

Mich sofort auf dieses Wagnis einzulassen, erschien mir zu verfrüht. Ich wusste, dass die Implantate aus dem AKH meine Knochen noch ein paar Monate halten würden, deshalb kam ich mit dem Professor überein, diese „gute" Zeit auszunützen. Ich solle mich sofort wieder bei ihm melden, sobald sich die Situation verschlechtere, riet er mir. Er meinte, dass er das menschlich verstehen und medizinisch vertreten könnte, bat mich aber auch, ihm rechtzeitig Bescheid zu geben, da man die Stäbe eigens für mich anfertigte. Er würde nicht gerne eine „Akutoperation" durchführen müssen, sagte er, da die Chancen auf einen positiven Verlauf dadurch zusätzlich geschmälert würden.

Ich versprach ihm, daran zu denken und verabschiedete mich mit einer Mischung aus Erleichterung über den erzielten Aufschub und einer gehörigen Portion Angst, vor dem, was da auf mich zukam. Die nächsten Monate, so nahm ich mir vor, wollte ich so richtig ausnützen, ich würde Spaß haben und keine Gelegenheit verpassen, etwas Neues zu erleben.

Grenzgängerin

Das Gefühl, die Zeit würde mir davonlaufen, war sehr stark. Es fiel mir schwer, die eigenen Grenzen zu akzeptieren. „Fünf Minuten noch", sagte ich mir immer wieder, „nur fünf Minuten noch, es tut ja noch nicht weh", aber sobald es wehtat, war es schon zu spät. Es fand sich zu leicht ein wirklich guter Grund, um gegen mich selbst zu rebellieren. Saß ich mit Freunden zusammen, fühlte mich wohl und dazugehörig, mochte ich mich einfach nicht verabschieden, war ich in meine Arbeit vertieft, konnte ich nicht eher aufhören, bis ich sie zu meiner Zufriedenheit abgeschlossen hatte. Mich zur Entlastung hinzulegen, wenn ich Besuch hatte, wollte ich auf keinen Fall, weil mich das zu sehr an meine Spitalszeit erinnerte. Die Entschuldigungen waren unendlich, aber die Folgen leider immer die gleichen.

Es war so enervierend, mir ständig zu überlegen, ob es sich lohnte, Schmerzen in Kauf zu nehmen. Jedes schöne Erlebnis wurde auf diese Weise mühsam, aber es bekam auch Tiefe. Die seltenen schmerzfreien Momente lernte ich so zu genießen, dass ich lange davon zehrte. Manchmal war es das Risiko wert, manches Mal aber nicht. Die richtige Entscheidung zu treffen, machte die Sache zwar anstrengend, aber auch unglaublich spannend.

Das Sommerhoch

Tagebucheintragung
(Juni 2000)
Es ist fast zu schön, um wahr zu sein, aber es geht mir richtig gut! Die Schmerzen sind leichter zu ertragen und ich bin unternehmungslustiger. Ich kann meine Freunde öfter treffen, arbeite täglich und fahre dreimal wöchentlich zur Therapie. Ich weiß, dass in der nächsten Minute alles anders sein könnte, darum lebe ich so intensiv wie noch nie zuvor. Während der Monate, in denen es mir schlecht ging, hab ich mich so danach gesehnt, das Leben wieder ohne Trübung wahrzunehmen und gerade jetzt passiert, worum ich immer wieder gebetet habe. Wie oft hab ich in schlaflosen Nächten mit Gott und meinem Schicksal gehadert! Ich weiß, dass ich es wieder tun werde, sobald es mir schlecht geht, aber dann hab ich wenigstens die paar Glücksmomente, an die ich mich klammern kann. Es muss einfach einen Gott geben, wenn er mir diese Auszeit schenkt. Fast scheint es, als ob gerade dann alles leichter wurde, als ich aufhörte, es zu fordern. Ich hab an mir gearbeitet, hab mich zu Entscheidungen durchgerungen und sehe der Zukunft ein bisschen optimistischer entgegen. Ich werde nicht darum beten, dass es noch lange so weiter geht, denn damit fordere ich ja schon wieder, aber ich werde die Zeit bis zur nächsten Talfahrt auskosten, so gut ich nur kann.

Glücklich

Dein Herz klopft ausgelassen,
es schlägt freudig erregt in deiner Brust.
Immer schneller rast es, noch nie hast du dich lebendiger gefühlt.

Du vergisst alles rund um dich,
fühlst dich wie in einer schillernden Blase aus Seifenschaum,
in der die Zeit stillsteht.
Doch das übermütig hüpfende Kind in deiner Brust,
es erinnert dich jeden Herzschlag an ihr unbarmherziges Verrinnen.

Du fühlst dich wach,
so wach wie noch nie zuvor,
und immer noch rast dein Herz, raubt dir fast den Atem,
doch diesmal macht es dir keine Angst.

Nur das Hier und Jetzt zählt.

Nach dieser Glückseligkeit hast du dich während all der schweren
Tage gesehnt – jetzt ist sie dein!
Genieße sie,
koste ihre Süße,
labe dich an ihr
und bewahre sie in deinem Herzen als lebendige Erinnerung an ein
kostbares Geschenk.

Ein neuer Blickwinkel
(Juni 2000)

In meinem Poststapel fand ich eine besondere Einladung. Ich sollte am Jahrestreffen des Bundesverbandes kleinwüchsiger Menschen und ihrer Familien (BKMF; www.bkmf.at) teilnehmen. Die Überraschung aber war der Absender. Der Brief stammte von Sandra, dem Mädchen, das ich vor so vielen Jahren auf der Stolzalpe kennengelernt hatte. Wir waren zwar noch eine Zeit lang in Kontakt geblieben, hatten uns aber dann aus den Augen verloren.

Das Treffen sollte in Spital am Phyrn (Oberösterreich) stattfinden, ich könnte mehrere Begleitpersonen mitbringen und würde drei Tage in einem hübschen, rollstuhlgerechten Hotel verbringen. Vielleicht würde ich auch Menschen mit Glasknochen begegnen. Die Wahrscheinlichkeit wäre sehr groß, da man mit Osteogenesis Imperfecta ja auch automatisch kleinwüchsig war. Ich überlegte nicht lange, der Zeitpunkt war ideal, deshalb fragte ich sofort meine Tante und meine Mutter, ob sie mich begleiten würden.

Bei unserer Ankunft wurden wir herzlich begrüßt. Ich hatte noch nie so viele kleinwüchsige Menschen auf einem Fleck gesehen, fühlte mich aber augenblicklich wohl. Plötzlich machte ich mir keine Gedanken mehr über mein Aussehen oder fragte mich, wie ich auf die anderen wirkte. Nirgends waren abwägende Blicke, überall sah ich Menschen, die sich im Stehen auf Augenhöhe mit mir befanden. Es war eine bunt gemischte Gruppe, die sich plaudernd und lachend um das Mittagsbuffet versammelte. Ich sah Eltern mit ihren kleinwüchsigen Kindern und Erwachsene, die selbst kleinwüchsig waren und sich ohne Scheu miteinander unterhielten. Es dauerte nicht lange und ich plauderte angeregt mit einer netten Medizinstudentin. Sandra entdeckte ich ohne Probleme in dem Trubel, sie hatte sich überhaupt nicht verändert, und wir begrüßten uns wie alte Freunde. Amüsiert stellten wir fest, dass wir beide nicht gewachsen waren.

Was mich neben dem Rahmenprogramm (Vorträge zu medizinischen wie psychologischen Themen, Gruppendiskussionen und einem Gemeinschaftsabend) aber am allermeisten faszinierte, war, hier Menschen zu begegnen, die sich so wie ich mit ihrer Behinderung zu arrangieren versuchten. Jeder der Anwesenden verfügte über eine starke Persönlichkeit, die ihm oder ihr durchs Leben half. Ich hatte nicht das Gefühl, es mit Leid geplagten oder deprimierten Menschen zu tun zu haben, auch wenn jeder seine eigene, teilweise sehr schwierige Geschichte zu erzählen wusste. Ich traf sogar ein paar Oller, (nach Osteogenesis Imperfecta, wie sich die an der Glasknochenkrankheit „Leidenden" selbst bezeichneten) und fand heraus, dass die verschiedenen Schweregrade der Erkrankung große Unterschiede ausmachen konnten. Ich saß im Rollstuhl, mein Gegenüber, das dieselbe Krankheit hatte, war um gut eineinhalb Köpfe größer als ich, konnte gehen und führte ein vorsichtiges, aber ansonsten normales Leben. So viele Jahre hatte ich keinen Kontakt zu Gleichgesinnten gehabt, es fehlte mir daher völlig an Vergleichsmöglichkeiten. Ich hatte mich auch nicht danach gesehnt, aber als ich endlich meine Erfahrungen mit denen anderer vergleichen konnte, bemerkte ich, wie gut das tat.

Am liebsten wäre ich stundenlang mit ihnen allen zusammengesessen und hätte geplaudert, aber mein Rücken und meine Beine ließen mich im Stich. Ich entschuldigte mich und zog mich in mein Zimmer zurück, wo ich allerdings nicht lange allein blieb. Es dauerte keine fünf Minuten, da klopfte es an der Tür: „Wenn du nicht sitzen kannst, dann kommen wir eben zu dir. Plaudern können wir hier genauso gut!" Ich war überwältigt. Das hatte ich nicht erwartet. Da kamen all diese lieben Menschen einfach zu mir, dabei kannte mich bis auf Sandra noch niemand. So unkompliziert konnte es sein, mit einer Unzulänglichkeit umzugehen, wenn man nur wollte. Diese Erfahrung war etwas völlig Neues für mich und ich hätte vor Freude beinahe geweint.

Wir unterhielten uns stundenlang, das Zimmer füllte sich zusehends und kaum hatte ich mich versehen, lag ich inmitten von Freunden. Wir plauderten über so alltägliche Dinge wie das Problem für unsere Größe dem Alter entsprechende Kleidung zu kaufen oder darüber, dass man ständig für jünger gehalten wurde, als man war. Wir sprachen aber auch über den Wunsch nach einem Partner, der einen unabhängig von der Größe und der Behinderung akzeptieren könne. Der innere Drang, sich selbst und anderen zu beweisen, dass man trotz aller Einschränkungen zu etwas nütze sei, war uns ebenfalls allen gemein. Es tat so gut, darüber zu sprechen, ohne Angst davor zu haben, Mitleid auszulösen. Darum ging es uns nicht; wir genossen es einfach, verstanden zu werden und den einen oder anderen Tipp zu bekommen, der den Alltag erleichterte. Auch wenn wir nicht exakt die gleichen Behinderungen hatten, verband uns das Streben nach Anerkennung und die Suche nach dem bisschen Glück im Leben, nach dem sich jeder Mensch sehnt, egal, ob er nun behindert ist oder nicht.

Nach diesem Wochenende hatte ich nicht nur neue Kontakte geknüpft, sondern ich war auch reifer geworden. Ich sah mich selbst mit anderen Augen, sah in mir nicht mehr nur diese kleine, gläserne Person, die für ihre Mitmenschen eine Belastung darstellte, sondern eine junge Frau, die stolz auf das sein durfte, was sie bislang geleistet hatte. Menschen getroffen zu haben, die es so wie ich nicht immer leicht hatten, aber sich nichtsdestotrotz Mühe gaben, das Beste daraus zu machen, spornte mich an, meinen eingeschlagenen Weg zielstrebig weiter zu verfolgen.

Sommertage unter Freunden
(August 2000)

Robert und Andrea, die mich beide schon kannten, als ich noch nicht im Rollstuhl saß, luden mich ein, einige Tage mit ihnen und ihren drei Mädchen, in Blindenmarkt (Niederösterreich) zu verbringen. Zuerst machte ich mir Sorgen, ob ich mich ihnen in meiner ganzen Komplexität überhaupt zumuten sollte, da aber sowohl Robert als auch Andrea in den vergangenen Wochen mehrmals mit mir schwimmen gewesen waren (sie hatten mir ein großartiges Geburtstagsgeschenk gemacht – einen Schwimmabend pro Woche mit jeweils einem von ihnen), hatten sie beide schon Übung darin, wie man mich heben und worauf man achten musste. Deshalb warf ich alle Einwände über Bord und fuhr mit.

Es war herrlich! Ich lag auf einer bequemen Liege in der Sonne, spielte mit den Kindern und hatte nicht einmal das Gefühl jemandem zur Last zu fallen. Die Tage verbrachten wir am nahe gelegenen Badesee. Abends kochten wir Kukuruz und nachts beobachteten wir die Sterne. Da die Wassertemperatur für meine Muskeln zu kalt war, legte mich Robert kurzerhand auf eine große, grüne Luftmatratze und band sie am Steg fest. So schaukelte ich in Ufernähe sanft auf und ab und war in Sicherheit vor in ihrem Spieltrieb unachtsamen Kindern. So viel Lachen, Spaß und Ausgelassenheit hatte ich lange nicht mehr erlebt. Ich beobachtete meine Freunde und die Art und Weise, wie sie miteinander und mit ihren Kindern umgingen, und alles, was ich sah, war Herzlichkeit und Freude – Balsam für meine Seele. Für einen Moment sann ich darüber nach, wie gerne ich selbst eines Tages Mutter gewesen wäre, aber ich hatte mich damit abgefunden, nie Kinder bekommen zu können. Ich war realistisch genug, um zu wissen, dass ich meinem Kind, das mit großer Wahrscheinlichkeit selbst Glasknochen hätte, niemals die Unterstützung angedeihen lassen könnte, die es in seiner besonderen Lage bräuchte. Meine eigene Mutter war gesund und stieß trotzdem oft an ihre körperlichen Grenzen. Ein Kind zu haben und es nicht einmal im Arm halten zu können, wenn es weint, das erschien mir als zu grausam.

So sinnierte ich, bis mich eine fröhlich vor sich hinstrampelnde Karoline, das jüngste der drei Mädchen, aus meinen Gedanken riss. Sie lernte gerade schwimmen und rief ganz stolz: „Schau, ich mach es wie ein Frosch!" Ich liebte es, unter diesen Kindern zu sein. Sie nahmen mich so selbstverständlich in ihrer Mitte auf. Mein Rollstuhl schien sie nicht im Geringsten zu stören. Manches Mal fragte ich mich, ob es daran lag, dass ich so klein war und sie mich deshalb als eine der ihren akzeptierten.

Eines Nachmittags überraschte mich Karoline mit der Frage: „Du, Evi, musst du eigentlich früher sterben, weil deine Knochen so leicht brechen?" Es war eigenartig, Erwachsene hatten mich das Gleiche schon mehrere Male gefragt, aber immer mit einem Ausdruck von Scham oder Mitleid im Gesicht. Dieses süße, kleine Mädchen stellte mir diese heikle Frage so selbstverständlich, als würde sie wissen wollen, ob sie ein Eis haben dürfte. Ich erklärte ihr, dass meine Knochen zwar brüchig wären, aber ich nicht wüsste, ob ich deshalb früher stürbe oder nicht. Meine Antwort genügte ihr, solch tiefschürfende Überlegungen waren für ihre fünf Jahre noch viel zu früh. Wie sehr sie allerdings mit ihrer Frage ins Schwarze getroffen hatte, konnte sie gar nicht wissen, denn nach den vielen Operationen, die ich schon gehabt hatte und noch haben würde, hatte ich mir diese Frage in letzter Zeit auch des Öfteren gestellt. Die Antwort darauf wollte ich aber dann doch lieber nicht wissen.

Unter Freunden zu sein, lenkte mich von meinen Ängsten ab und ich erholte mich trotz Schmerzen blendend. Die gute Laune und den Spaß am Sommer wollte ich mir davon nicht verderben lassen.

Die Nacht der Sternschnuppen
(12. August 2000)

Sternenklar und wolkenlos erstreckt sich der Sommernachtshimmel über mir.

Es ist Perseiden Nacht, die Nacht der Sternschnuppen.

Zu Hunderten werden sie ihre glitzernden Bahnen über meinen Kopf ziehen.

Eingehüllt in eine warme Decke liege ich im Freien, umgeben von Freunden, deren Gedanken sich wahrscheinlich um die gleiche Frage drehen wie meine:

Was soll ich mir wünschen?

Grillen, die Musikanten der Nacht, liefern die perfekte Untermalung für unser Wunschprogramm. Die Wärme des Tages ist einer Kühle gewichen, die mich frösteln lässt. Ich kuschle mich fester in meine Decke und warte.

„Da, schau! Da ist eine! Und da, und dort auch!", flüstert es plötzlich aufgeregt rund um mich. Es sind so viele – für jeden von uns genug, um unsere geheimsten Wünsche auf den Weg zu schicken.

Mit einem Mal weiß ich, dass ich mir gar nichts zu wünschen brauche, denn wonach ich mich gesehnt habe, erfüllt sich in diesem Augenblick:

Ich liege in einer traumhaft schönen Nacht unter freiem Himmel und sehe zum ersten Mal seit langer Zeit die Sterne nicht durch eine Fensterscheibe.

Freunde, die ich liebe, sind um mich und schenken mir das Gefühl zu ihnen zu gehören. Ich spüre keine Angst, keine Sorgen plagen mich, ich genieße die prickelnde Freude, die mein Herz erfüllt, und fühle mich einfach nur wohl.

Planänderung

Tagebucheintragung
(27. 8. 2000)

Nein, ich bin nicht entmutigt! Keineswegs! Auch wenn es mal wieder so aussieht, als ob meine Bemühungen, mich zu verselbstständigen, behindert würden. Vor drei Tagen hab ich bei dem Verein angerufen, der die Wohngemeinschaften verwaltet. Ich wollte mich nur vergewissern, ob es bei meiner Aufnahme im November bliebe, was ich zu hören bekommen hab, hat mich dann doch überrascht:

Der Geschäftsleitung würden meine vielen Krankenstände Kopfzerbrechen bereiten. Ich stelle ein Rechtsrisiko dar, da man nicht wüsste, wen man zur Verantwortung zu ziehen hätte, sollte mir während der Zeit, in der außer der Putzfrau und mir niemand in der WG anwesend wäre, etwas pas-

sieren. Auf meinen Vorschlag, mir ein Notrufarmband zuzulegen, ist man nicht eingegangen. Dabei hab ich noch gar nicht erzählt, dass man mir beim Roten Kreuz einen vorübergehenden Telearbeitsplatz angeboten hat, um mir das ewige Hin- und Herfahren zu ersparen!

Als Alternative hat man mir angeboten, mich in einer Wohngemeinschaft unterzubringen, die rund um die Uhr betreut würde. Dort hätte ich allerdings nur ein kleines Zimmer zur Verfügung und müsste mir die Sanitäranlagen mit meinen Mitbewohnern teilen. Na toll! Da kann ich ja gleich zu Hause bleiben! Ich hab dankend abgelehnt und mich gründlich geärgert.

Nachdem ich mit Mama darüber gesprochen hab, hat sie mir angeboten, mir bei der Anmeldung für eine Gemeindewohnung zu helfen. Sie meinte, so wäre ich finanziell unabhängig, könnte mir meine Zeit frei einteilen und was meine Pflege beträfe, so könnte ich mich ja beim Roten Kreuz über meine Möglichkeiten erkundigen. Je länger ich darüber nachdenke, desto besser gefällt mir die Idee, obwohl es mir schon lieber gewesen wäre, für den Anfang in einer geschützten Atmosphäre zu wohnen. Was soll's! Wer nicht wagt, der nicht gewinnt!

Mit dem Winter kommen die Schmerzen
(Jänner 2001)

Kaum wurde es kälter, ging es mir deutlich schlechter und das wöchentliche Schwimmen konnte die Schmerzen nicht mehr lindern. Eines Abends saß ich gerade in meinem Bett und beugte mich nach vorne, als ein altbekanntes Geräusch ertönte. Das Kontrollröntgen, das ich aus versicherungstechnischen Gründen machen lassen musste – seit ich berufstätig war, kam ich nicht umhin, jeden Bruch zu melden –, zeigte überraschenderweise nicht nur eine, sondern gleich zwei gebrochene Rippen. Dummerweise lagen die Bruchstellen so nahe an meinem Beckenknochen, dass ich nicht sitzen konnte.

Sobald ich es auch nur versuchte, stand mir der Schweiß auf der Stirn und ich keuchte wie ein Marathonläufer am Ende seiner Kräfte. Sechs Wochen dauerte es, bis ich endlich wieder im Rollstuhl sitzen konnte und dann nur mehr mithilfe eines Korsetts.

Meine Wohnung

Tagebucheintragungen
(März 2001)
Es ist ein Wunder geschehen! Heute habe ich einen Brief bekommen, in dem steht, dass eine Wohnung zur Besichtigung frei ist. Mein Jubelgeschrei hat Papa in mein Zimmer gelockt; er hat mich ganz besorgt angesehen. Ich hab ihm nur den Brief hingehalten und gesagt: „Da, lies, dann weißt du's." Nächste Woche werde ich mir diese Wohnung anschauen, und wenn sie nicht der scheußlichste, dunkelste Platz ist, den die Gemeinde Wien zu vergeben hat, dann werde ich hier ausziehen! Mein Gott, vielleicht beginnt jetzt endlich ein neues Leben für mich! Ich bin so aufgeregt!

(April 2001)
Ich habe die Wohnung! Sie ist 68 m² groß, hat eine geräumige Wohnküche, ein recht großes Schlafzimmer und sogar zwei Toiletten. Obwohl sie nordseitig liegt, ist sie hell und von den Fenstern aus sieht man auf einen kleinen Park. Noch ist alles schrecklich schmutzig, voller Spinnweben und abgewohnt, aber ich kann mir schon vorstellen, wie es nach der Renovierung aussehen wird. Bei dem Gedanken, was ab jetzt alles zu tun ist, wird mir schwindlig und ich frag mich, ob ich das körperlich überhaupt durchstehen werde. Egal, ich will das jetzt durchziehen, koste es, was es wolle. Natürlich muss etliches Mobiliar auf mich angepasst werden, aber dafür hab ich schon viele Ideen. Bis alles Rechtliche geregelt ist und ich offiziell dort gemeldet sein werde, wird es Mai sein.

Bis zu meinem Umzug verging die Zeit wie im Flug. Unzählige Amtswege (An-, Ab- und Ummeldungen) mussten erledigt werden. Die Wohnung wurde ausgemalt, der Parkettboden geschliffen, zusätzliche elektrische Leitungen verlegt, eine zweite Türsprechanlage im Schlafzimmer installiert, ein elektrischer Türöffner montiert und die Waschbecken in Küche und Bad abgesenkt. Die gesamte Einrichtung musste mit dem Tischler geplant, ein Spezialbett mit elektrischem Lattenrost und Hebelift bestellt und eine Couch gekauft werden, deren Beine verlängert wurden, um mir den Transfer vom Rollstuhl zu erleichtern.

Ich kam nicht zur Ruhe, schließlich wollte ich trotz aller Praktikabilität ja auch meinen Geschmack zum Ausdruck bringen. Es mussten so viele Details entschieden werden, z. B. welche Fliesen zu welcher Arbeitsplatte und welchem Küchenbodenbelag passten, ob ich die Wände weiß oder lieber in Farbe wollte und welche Vorhänge am besten zu alledem passen würden. In meinen Träumen sah ich nur mehr Farben, Muster, Hölzer und Zentimetermaßbänder.

Da ich ja noch nie in allen Bereichen einer Wohnung selbstständig hatte sein müssen, galt es herauszufinden, bei welchen Verrichtungen ich Hilfsmittel bräuchte. Ich besorgte mir einen Badewannenlift, ließ mir eine eigene Konstruktion für meine Toilette zimmern, um allein aufs WC gehen zu können und konzipierte mithilfe meiner Mutter die geeignete Küche, um mir bald selbst mein Essen zubereiten zu können. Die gesamte Wohnung sollte so ausgestattet werden, dass ich komplett selbstständig sein konnte. Ob ich es tatsächlich schaffen würde, sollte die Zeit zeigen.

Um mich in aller Ruhe einleben zu können, wollte ich zwei Wochen Urlaub nehmen. An meinem letzten Arbeitstag schloss ich sämtliche offenen Arbeiten ab, räumte meinen Platz zusammen und verabschiedete mich von meinen Kollegen. Meine Heimfahrt in die elterliche Wohnung prägte sich mir ganz besonders ein, schließlich war es ebenfalls die letzte. Seltsamerweise war ich kein bisschen wehmütig, sondern einfach nur gespannt darauf, wie ich die neue Situation meistern würde. Entgegen meinen leise im Hinterkopf nagenden Zweifeln wollte ich beweisen, dass ich in der Lage wäre, mein Leben in die eigenen Hände zu nehmen. Dass ich dabei auf die Unterstützung meiner Familie und Freunde vertrauen durfte, stärkte mir den Rücken und bedeutete mir sehr viel.

**Tagebucheintragung
(August 2001)**
Jetzt habe ich meinen schon so lange ersehnten Freiraum und auch wenn mich manchmal die Ahnung beschleicht, dass sich meine kleine Gefängniszelle einfach nur in eine etwas größere verwandelt haben könnte, ängstigt mich das nicht. In diesen Räumen bin ich ab sofort zu Hause; sie spiegeln mein Wesen, meine Bedürfnisse und meine Fantasie wider. Sie symbolisieren für mich Freiheit auf beschränktem Raum, aber mehr Freiheit als ich je hatte. Sie erlauben mir, das bisschen Selbstständigkeit, das ich mir bewahren konnte, auszuleben. Ich fahre zum Kühlschrank, hole mir selbst etwas zu trinken; ich lege mich auf die Couch und höre Musik; ich lege mich ins Bett und verstelle allein meine Rückenlehne; ich setze mich an meinen eigenen Computer und arbeite, ohne vorher einen Sessel wegrücken zu müssen. All diese Dinge machen mich unglaublich glücklich und ich genieße jeden Tag, an dem ich etwas Neues entdecke, das ich allein tun kann.

Zerplatzte Seifenblasen
(September 2001)

So schön hatte ich es mir ausgemalt: Ich würde morgens aufstehen, mich selbst mithilfe meines Badewannenlifts duschen, mich anziehen, mir in meiner niedrigen Küche Frühstück machen, ins Büro fahren, am Nachmittag nach Hause kommen und den Rest des Tages zum Ausrasten und Genießen zur Verfügung haben. Für die Hausarbeiten, die momentan noch meine Mutter erledigte, würde ich mir eine Heimhilfe organisieren und wenn ich den Wunsch hätte, auszugehen, würde ich den Behindertenfahrtendienst anrufen. Nach nicht einmal einer Woche brach ich mir den linken Unterarm und meine

Mutter musste rund um die Uhr bei mir bleiben. Das entsprach absolut nicht meiner Vorstellung von Selbstständigkeit. Ich musste mich krankmelden und diesmal konnte ich nicht trotz des Gipses arbeiten gehen. Während der siebenwöchigen Zwangspause machte sich die Anstrengung der vergangenen Monate vehement bemerkbar. Meine Beine schmerzten ununterbrochen und immer öfter musste ich ganze Tage im Bett verbringen.

Tagebucheintragung
(September 2001)
Ich sitze hier und meine Vergangenheit scheint mich einzuholen. Jetzt hab ich meine Traumwohnung, möchte endlich niemandem mehr zur Last fallen und je mehr ich mich darauf fixiere selbstständiger zu werden, desto schlechter geht es mir. Von Tag zu Tag wird jede Bewegung schmerzvoller und mühsamer. Ich habe mich damit abgefunden, wegen dem blöden Gips für so viele Wochen eingeschränkt zu sein, aber langsam verliere ich die Geduld.

Um Mama zu entlasten, habe ich um Pflege- und Heimhilfe beim Magistrat angesucht. In Kürze wird jeden Vormittag eine Pflegerin vom Roten Kreuz kommen, um mir beim Aufstehen, Waschen und Anziehen zu helfen. Mittags wird mir eine Heimhilfe das Essen zubereiten und den Haushalt erledigen. Abends kommt noch einmal eine Pflegerin, die mir das Essen machen, mir auf die Toilette und ins Bett helfen wird.

Gerade jetzt, in diesem Moment schwillt mein Knie wieder an. Aus Angst vor Schmerzen vermeide ich es so oft es geht, überhaupt aus dem Haus zu gehen. Es ist genau wie vor drei Jahren, mein Alltag hat sich in einen Angstmarathon verwandelt. Peter hat vor Kurzem zu mir gesagt, ich hätte mich in den letzten eineinhalb Jahren wesentlich weiterentwickelt, ich wäre von einem unsicheren Mädchen zu einer selbstbewussten, zielorientierten Frau geworden, aber ich spüre genau, je mehr ich wieder zu Hause angebunden bin (egal an welches), desto mehr verliere ich von dieser neuen Evelyn.

Ich muss mich überwinden, meine Freunde anzurufen, weil ich nicht mehr nach meinem Befinden gefragt werden will. Sind sie aber zu Besuch, hasse ich es, Mama darum zu bitten, mich allein zu lassen, um ein bisschen Privatsphäre zu haben. Verdammt, warum muss alles so kompliziert sein? Ich kann eben nicht tun und lassen, was ich will, solange andere für mich da sein müssen! Was soll ich nur machen? Ob diese Operation etwas ändern wird? Wenn ich mich dafür entscheide, verpflichte ich Mama, monatelang bei mir zu bleiben, um mich zu pflegen – die Pflege vom Roten Kreuz wird dann nämlich nicht genügen. Ich entscheide aber auch über Papas Kopf hinweg, dass er monatelang ohne seine Frau auskommen muss ...

Gestern habe ich „Verschollen" mit Tom Hanks gesehen. Er steht am Ende des Filmes an einer vierfachen Weggabelung, inmitten unendlich wirkender Äcker. Egal, welche der Himmelsrichtungen er wählt, er weiß nicht, was auf ihn zukommen wird. Er ist an einem Punkt seines Lebens angelangt, an dem es keine Rolle mehr spielt, welche Entscheidung er trifft. Im realen Leben ist es nicht egal, wofür wir uns entschließen, denn jede unserer Entscheidungen ist unmittelbar mit dem Leben anderer verknüpft.

Der Mann im Film hat am Ende niemanden mehr, auf den sich seine Wahl auswirken könnte – er ist völlig allein. Ich wäre schon zufrieden, würde mich meine Entscheidung, heute ein bisschen länger am PC zu sitzen, morgen nicht ans Bett fesseln und meine Mutter an diese Wohnung!

Alles neu ...
(Oktober 2001)

So sehr ich mich auch nach Veränderungen gesehnt hatte, fiel es mir anfangs schwer, ständig neue Gesichter um mich zu haben. Ab nun half mir jeden Tag ein Pfleger oder eine Pflegerin, die sich erst genauso an mich gewöhnen mussten, wie ich mich an sie. Jahrelang war meine Mutter meine einzige Bezugsperson gewesen und mit einem Mal musste ich es zulassen, dass sich andere Menschen um mich kümmerten.

Aus der freien Zeiteinteilung, so wie ich sie mir vorgestellt hatte, wurde nichts, denn ich musste mich an die verständlicherweise starren Zeitvorgaben des Pflegedienstplanes gewöhnen. Zum Glück hatte ich sehr verständnisvolle und bemühte Helfer. Viele von ihnen kamen täglich und lernten meine Bedürfnisse bald so gut kennen, dass ich nichts mehr zu erklären brauchte. Sie begleiteten mich mit meinen Weh-

wehchen durch den Tag, wissend, was rund um mich vorging, und machten mir Mut, wenn es mir schlecht ging.

Nach der Gipsabnahme begann sich mein geschwächter Arm zusehends zu verbiegen. Die Beine konnte ich kaum mehr belasten, deshalb wurden die Arme überstrapaziert. Ich erreichte das rechte Greifrad meines Rollstuhles nur mehr, wenn ich mich zur Seite lehnte, was meiner Wirbelsäule nicht gut tat, deshalb wurde er mit einem Elektroantrieb ausgestattet. Es dauerte nur ein paar Stunden, bis ich den Dreh raus hatte und mich nicht mehr aus Angst, meine neuen Möbel zu demolieren, im Schneckentempo bewegte. Ich hatte sogar endlich eine Hand frei, was sich als sehr praktisch erwies, wollte ich mehrere Dinge gleichzeitig von einem Raum in den nächsten transportieren.

Unvermeidlich

**Tagebucheintragung
(Oktober 2001)**
Ich hab kapituliert! Ich war wieder bei Professor G. und er meinte, dass ich meine Situation nicht mehr ignorieren dürfe. Mir bleibt gar keine andere Wahl, als die Operation zu riskieren, die mir entweder mein Bein retten, oder mich mit einem oberschenkelknochenlosen Etwas zurücklassen wird. Ich habe Angst davor, mein Schicksal schon wieder in die Hände anderer zu legen, aber im April nächsten Jahres muss es wohl sein.

Nach meinem Besuch beim Professor hab ich, als ich kurze Zeit allein war, einmal so richtig geweint. Das war dringend nötig, denn jetzt hab ich nicht mehr so einen furchtbaren Druck auf der Brust. Ich ärgere mich über mich selbst, weil ich glaube, die Zeit, in der es mir wenigstens halbwegs gut geht, zu wenig zu schätzen. Mich freut einfach nichts mehr.

Ab sofort werde ich mich bemühen, mich mehr an allem Positiven zu erfreuen, das mir widerfährt. Die guten Tage sind viel zu selten, um auf sie zu warten. Wie viel Zeit ich damit vergeude! Zeit, die mir geschenkt wird, um zu begreifen, dass auch an weniger großartigen Tagen schöne Dinge passieren können. Zeit, die mir mit Menschen geschenkt wird, die ich liebe und Zeit, die ich sinnvoller nützen kann, als mich selbst zu bemitleiden.

Motivation

Jeder Tag ist wie der vorige, ich fühle mich müde, antriebslos und leer.

Mein Körper will mir nicht gehorchen. Wehre ich mich gegen den Teufelskreis der Eintönigkeit, schickt er mir Schmerzen.

Alles, was ich tue, erscheint mir schal, halbherzig erledigt, sinnlos.

Ich lese ein Buch nach dem anderen, sehe Film nach Film – entziehe mich so dem Wissen um meine Unzulänglichkeit.

Ich bin eine Gefangene der Duldung.

SCHLUSS DAMIT!
AUS!
Hörst du!

Es stimmt, dein Körper ist zerbrechlich, es stimmt, deine Möglichkeiten sind limitiert, es stimmt, deine Bemühungen erfordern Willen und Mut ...

NA UND?

Dann sei mutig!

Wage das scheinbar Unmögliche.

Ganz tief in dir drinnen gibt es sicher etwas, das du tun möchtest, lass es an die Oberfläche. Gib dir Zeit, dich mit deinem neuen Ziel anzufreunden, aber dann sei dein eigener Dominostein des Anstoßes.

Ich verspreche dir, du wirst dich wieder lebendig fühlen. Du wirst die prickelnde Spannung der Vorfreude spüren, der

Vorfreude auf einen erkämpften Sieg über die Erstarrung. Du wirst wieder Ruhe und Frieden in dir selbst finden, weil du weißt:

DU HAST DEN ERSTEN SCHRITT GETAN.

Überraschung!
(Februar 2002)

„Du, ich würd am Donnerstag gern jemanden mitbringen, der dich unbedingt kennenlernen möchte. Ist das o. k.?", fragte mich Alexander per Telefon. „Natürlich, aber wer ist es denn?", wollte ich wissen. „Nein, das verrat ich dir nicht, lass dich einfach überraschen."

Mit Alexander verband mich schon seit Jahren eine lockere Freundschaft, die genau an demselben Tag ihren Anfang genommen hatte, an dem auch das Internet in mein Leben getreten war. Ich war schon immer von Musicals begeistert gewesen und hatte mich damals auf der Seite meines Lieblingssängers, eines Engländers namens Michael Ball, eingeloggt. Mein Eintrag im Gästebuch hatte keine fünf Minuten später ein sehr nettes E-Mail zur Folge ...

Der freundlich lächelnde Mittvierziger mit grauweißer Struwwelpeter-Frisur, der an besagtem Donnerstag mit Alexander meine Wohnung betrat, wurde mir als Gareth vorgestellt, der persönliche Assistent von Michael Ball. Alexander hatte ihn während seiner Reisen zu Michaels Konzerten kennengelernt und ihn nach Wien eingeladen. Ich versuchte mich an meinem besten Schulenglisch, denn Gareth sprach außer „das Wetter ist wechselhaft" und „mein Regenschirm ist schwarz" kein Wort Deutsch. Etwas stockend, aber doch verständlich erzählte ich ihm, dass mir Michaels Musik während meiner letzten Krankenhausaufenthalte oft Trost und Ablenkung geschenkt hatte und dass ich mir wünsche, Michael persönlich dafür zu danken. Darauf begann Gareth übers ganze Gesicht zu strahlen und meinte, dass Michael schon von mir wisse und mir ein Geschenk schicke. Stolz überreichte er mir ein gerahmtes Foto, auf dem geschrieben stand: „To Evie, hope to meet you one day!" Dass dieser, in England so berühmte Sänger mir persönlich schrieb, ließ mich staunen.

Es war ein herrlicher Nachmittag und der Beginn zweier Freundschaften. Mein Kontakt zu Alexander bekam eine neue, viel persönlichere Dimension und wir sahen uns ab nun viel häufiger. Zu Gareth, der mir auf Anhieb sympathisch gewesen war, entwickelte sich nach seiner Rückkehr nach London eine Freundschaft, die anfangs mittels SMS und später durch lange Telefongespräche gefestigt wurde. Als am Londoner Westend die Proben für das Musical „Chitty Chitty Bang Bang" begannen, in dem Michael Ball die Hauptrolle singen würde, berichtete mir Gareth mehrmals täglich von den Fortschritten und hielt mich über den wunderbaren Klatsch und Tratsch der zauberhaften Theaterwelt am Laufenden.

Vom Wunsch zur Wirklichkeit

Wie ein winziges Sandkorn in einer Muschel die Entstehung einer einzigartigen Perle anzuregen vermag, so kann eine Idee, die in einem aufgeschlossenen Kopf auf hungrigen Boden trifft, aus einem Wunsch Wirklichkeit werden lassen.

Ganz leise nistet er sich ein, dein Wunsch,

mit großer Vorsicht, sehr behutsam ergreift er von deinem Bewusstsein Besitz, belegt dein Denken unauffällig mit Beschlag.

Zuerst flackert er unerwartet vor deinem inneren Auge auf und verschwindet so schnell, wie er aufgetaucht ist.

Doch nach und nach formt er sich als klarer Gedanke in dir, er nimmt Gestalt an, wächst und wartet auf den Moment deiner Erkenntnis.

Plötzlich, ohne Vorwarnung, ist es kein vorwitziger Wunsch mehr, der verwegen deinen Kopf bewohnt, der belächelt, ignoriert oder aus deinem Bewusstsein verbannt werden kann. Jetzt lebt er als klare Vorstellung in dir, als deutliches Bild seiner selbst, das nur darauf wartet, verwirklicht zu werden.

Um deine Seelenruhe ist es geschehen. Fortan wirst du getrieben von deiner Ungeduld, von der Gewissheit, dass dein Vorhaben nur jetzt und zu keiner Zeit sonst gelingen kann.

Sobald sich dir Hindernisse in den Weg stellen, möchtest du schreien vor Verzweiflung, doch aufzugeben kommt nicht infrage.

Du bist wie besessen und lässt so lange keine Ablenkung mehr zu, bis du alles in deiner Macht Stehende getan hast, um deinem Wunsch Geburtshilfe zu leisten.

Mach's wie Pretty Woman
(März 2002)

„Ich würd' so gern nach London fliegen und das Musical mit Michael Ball sehen", jammerte ich meine Tante Sylvia an, die mich bei ihrem Besuch, wie so oft in letzter Zeit, auf meiner Couch liegend antraf.

„Und warum kannst das nicht?", fragte sie herausfordernd. Schon immer eine Pragmatikerin, ließ sie ein Nein ohne einleuchtenden Grund nicht gelten.

„Na wie soll ich denn das anstellen? Ich kann ja nicht mal lange genug sitzen, um eine Stunde spazieren zu fahren, wie könnt ich dann den zweistündigen Flug schaffen? Von dem Abend im Theater ganz zu schweigen. Die Vorstellung inklusive Pause dauert doch sicher schon drei Stunden. Außerdem will ich auch was von der Stadt sehen, wenn ich schon mal dort bin."

„Bist schon mal auf die Idee gekommen, dass du einfach nur wegen der Aufführung nach London fliegen könntest? Die Stadt kannst du dir immer noch nach deinen Operationen anschauen. Mach's doch wie Julia Roberts in ‚Pretty Woman', die hat ihren Richard Gere doch auch für einen Abend in die MET nach New York begleitet."

„Es wäre sicher genial, nur wegen Michael und ‚Chitty' nach London zu fliegen, aber wie soll das gehen? Ich kann doch nie im Leben lang genug sitzen."

„Und was wär, wenn du im Liegen fliegen würdest? Es werden immer wieder verunfallte Leut' aus irgendwelchen Urlaubsparadiesen mit Linienmaschinen heim geflogen."

„Das mag schon stimmen, aber selbst, wenn ich das organisieren könnt, was mach ich dann in London? Wie komm ich ins Hotel? Und vor allem, wie soll ich die drei Stunden im Theater durchhalten?"

„Das sollte doch das geringste Problem sein! Den Weg von deiner Wohnung zum Flughafen könntest in einem Rettungswagen geführt werden, das Gleiche ginge doch auch in London. Im Theater könnt dein Bruderherz eine Reihe hinter dir sitzen und dich im Notfall in deinem Rolli aufkippen, damit dein Rücken entlastet wird."

„Du setzt mir da ja einen ganz schönen Floh ins Ohr! Reizen würd mich die Sache schon, aber ob ich mich das trau? Wenn ich Michael sehen will, dann müsst ich ja schon nächsten Monat fliegen, weil er nur ein Jahr lang die Rolle singen wird und nach meinen beiden OPs wär's zu spät!"

„Jaaaa?", grinste sie mich vielsagend an.

„Nein, das geht nicht, mein OP-Termin steht doch schon fest! Oder glaubst, der Professor würd's versteh'n und ihn verschieben?"

„Weißt was, ich glaub, bei dir fängt schon ein Adler zu kreisen an. Vielleicht ist es ja doch nicht so unmöglich, wie'st glaubst?"

„Ich könnt ja bei der AUA wegen des Liegendflugs nachfragen und wegen des Hotels könnt ich Gareth bitten, mir ein rollstuhlgerechtes in der Nähe vom Palladium Theater zu empfehlen."

Sylvia grinste übers ganze Gesicht: „Mir scheint, der Adler kreist nicht nur, er setzt schon zur Landung an."

„Hmm, was?", ich war in Gedanken schon im Flugzeug.

„Bist leicht schon auf halbem Weg nach London?"

„Schaut so aus, oder?" Ich musste plötzlich lachen. Meine Tante hatte es schon immer verstanden, mich zu motivieren und das Unmöglichste möglich erscheinen zu lassen.

„Wart's nur ab, in einem Monat red ma weiter!", stachelte sie mich an.

Nicht zu stoppen
(März–April 2002)

Das Gespräch mit meiner Tante ging mir nicht aus dem Kopf. Sollte es etwa doch möglich sein, so etwas Verrücktes auf die Beine zu stellen? Mal tat ich die Idee als zu wahnwitzig ab, dann ertappte ich mich dabei, wie ich doch zu planen begann.

Es war unglaublich, wie viel Unterstützung ich bei der Erfüllung dieses Traumes bekam. Ich musste mich nur überwinden, meine Wünsche laut auszusprechen, und plötzlich wurden Hebel in Bewegung gesetzt und Menschen mobilisiert, von deren Existenz ich keine Ahnung hatte.

Zuerst musste ich herausfinden, ob es tatsächlich möglich war, in einem Linienflugzeug liegend zu fliegen, ohne ein medizinischer Notfall zu sein. Von der zuständigen Dame der „Abteilung für Spezialfälle" bei Austrian Airlines erfuhr ich, dass es prinzipiell möglich sei, ich dafür aber sowohl die Flugfreigabe meines eigenen als auch des Arztes der Luftlinie benötige. Erstere war entgegen meinen Befürchtungen überhaupt kein Problem – Professor G. zeigte sich äußerst verständnisvoll und schrieb mir das Attest.

Um die Freigabe des Flugarztes zu erlangen, musste eine ganze Kette von Dingen im Voraus organisiert werden. Ich musste den Flug buchen, ohne zu wissen, ob ich überhaupt würde fliegen dürfen, dann musste die Liegefrage im Flugzeug geklärt werden. Die ausgesprochen zuvorkommende Mitarbeiterin der AUA erklärte mir, dass neun Sitzplätze ausgebaut werden müssten, um für mich die Liege (Stretcher) einzubauen und ich selbstverständlich für alle neun würde aufkommen müssen (inklusive der Kosten für den Ein- und Ausbau der Liege). Obwohl ich auf einen hohen Betrag vorbereitet gewesen war, überstieg der Genannte mein Budget um ein Vielfaches. Ich wollte schon aufgeben, als ein glücklicher Zufall in Form einer mitfühlenden Pflegerin vom Wiener Roten Kreuz dafür sorgte, dass mein Reisewunsch über mehrere Ohren an einen Menschen gelangte, in dessen Einflussbereich es stand, mir zu helfen. Wie das Wunder vonstatten ging, wusste ich nicht, ich erhielt lediglich tags darauf einen Anruf, in dem mir mitgeteilt wurde, dass die Fluglinie auf die Bezahlung der neun Sitzplätze verzichte und ich mir daher über den finanziellen Aspekt meiner Wunscherfüllung keine Sorgen mehr zu machen bräuchte. Ich jubelte und war zutiefst dankbar dafür, von so vielen hilfsbereiten Menschen umgeben zu sein.

Somit war ein großes Problem beseitigt, aber schon tat sich das nächste auf: Um Austrian Airlines nicht zusätzlich Kosten zu verursachen, wurde versucht, mich auf einen Flug zu buchen, der nicht voll besetzt sein würde; mein Reisetermin verschob sich deshalb mehrmals. So musste ich jede Änderung sowohl an das Wiener Rote Kreuz als auch an das Rote Kreuz in London weiterleiten. (Beide Organisationen hatten sich bereit erklärt die Transporte vom und zum Flughafen zu übernehmen und das ebenfalls unentgeltlich!) Selbstverständlich betraf das auch die Hotelreservierung! Meine Telefonleitung begann beinahe sprichwörtlich zu glühen!

Noch ein wichtiges Detail war zu klären, bei dem mich mein Freund Gareth direkt in London tatkräftig unterstützte.

Er organisierte einen „Rise and Decline Chair" (Wohnzimmersessel mit elektrisch verstellbarer Rückenlehne), in dem ich die Theatervorstellung schmerzfrei genießen würde können. Außerdem überraschte er mich mit der Ankündigung, dass mich Michael Ball nach der Vorstellung in seinen „Dressing Room" einladen und sich sehr darauf freuen würde, meine Bekanntschaft zu machen.

Nachdem mein Bruder zugesagt hatte, mich nach London zu begleiten und dort zu betreuen, erhielt ich eine Woche vor Abflug einen beunruhigenden Anruf: Der zuständige Flugarzt verweigere meine Flugfreigabe, hieß es. Ich hatte gar keine Zeit, mich meiner Hysterie hinzugeben, denn es kam für mich absolut nicht infrage, jetzt, so kurz vor dem Ziel, aufzugeben. Ich telefonierte mich bis zu jenem Arzt durch, was gar nicht so einfach war – es schien, als würde er höchsten Geheimhaltungsstatus genießen. Als ich ihn endlich erreichte, stellte sich alles als „kleines" Missverständnis heraus. Selbstverständlich könne ich fliegen, wenn es mein Orthopäde für unbedenklich hielt, versicherte er mir. Er hätte doch nie etwas anderes behauptet! Am liebsten hätte ich ihn gefragt, ob er mich auf den Arm nehmen wolle, aber ich war viel zu erleichtert, um ihn zu verärgern. Zu meiner großen Freude sollte es auch Alexander möglich sein, mit nach London zu kommen – mir lag sehr viel daran, ihn dabei zu haben, schließlich hatten wir uns ja erst dank unserer Begeisterung für Michael Balls Musik kennengelernt.

Aus dem Reisetagebuch

London, 25. April 2002
Also den Himmel durch mein Wohnzimmerfenster zu sehen war zwar schön, aber nichts Besonderes, ihm nur durch ein Flugzeugfenster getrennt, so nahe zu sein, war allerdings atemberaubend. Ich bin auf dem eingebauten Stretcher gelegen, Polster haben meine Beine unterstützt und während

des ganzen Fluges hatte ich das Gefühl, mir könne nichts Schlimmes auf dieser Welt mehr passieren. Als wir über London gekreist sind, hat sich die Abendsonne in den Mäandern der Themse gespiegelt und mir einen unvergesslichen Anblick beschert. In Heathrow hat schon das englische Rote Kreuz auf mich gewartet und mich in einen noblen Rettungswagen – er war im Inneren mit poliertem Holz verkleidet – umgelagert. Der Fahrer ist am Weg zum Hotel sogar extra beim Buckingham Palast stehen geblieben und hat die Hecktüren geöffnet, damit ich freie Sicht habe.

Eigentlich wäre ich lieber in meinem Rollstuhl durch das Foyer des Strand Palace Hotel gefahren, aber die Sanitäter haben mich kurzerhand mitsamt der Trage zur Rezeption gebracht. So einen Auftritt hatte ich bislang nur in Krankenhäusern, in einem noblen englischen Hotel war der Effekt jedoch um ein Vielfaches beeindruckender. Anstatt des kalten Lichts von Neonröhren sah ich einen imposanten Kristallluster über mir vorbeiziehen! Diesmal hab ich mich über meine Aufsehen erregende Ankunft richtig gefreut und keinen Moment damit verschwendet, mich zu genieren. Schließlich bin ich ja nicht gerade von um die Ecke gekommen, sondern vom Kontinent, wie die Briten so gerne zum europäischen Festland sagen.

26. April

Meine erste Nacht in London ist vorbei. Stefan und ich haben lange nicht einschlafen können, so ungewohnt waren die ständig heulenden Polizeisirenen, die durch die undichten Fenster gedrungen sind. Um vier Uhr früh, ich glaub, wir haben beide noch nicht lange geschlafen, hat uns zu allem Überfluss auch noch ein Feueralarm aus den Federn geholt. Stefan hat sehr routiniert reagiert, seine Zeit bei den Wiener Sängerknaben hat wohl noch nachgewirkt, denn er war in wenigen Augenblicken angezogen, hat unsere Papiere in seinen Rucksack gepackt und schon hat er mich aus dem Zimmer auf den Gang hinaus getragen. Gott sei Dank war es nur ein Fehlalarm. Stefan hat, als wir wieder im Bett gelegen sind, ganz echauffiert zu mir gesagt, dass ihn diese Eskapade ein Lebensjahr gekostet hätte. Das glaub ich ihm gern, denn unser Zimmer liegt im fünften Stock und ich will mir gar nicht ausmalen, wie er mich über eine enge Stiege, vollgestopft mit panischen Menschen, hinuntergetragen hätte. Hoffentlich bleibt uns noch so eine Nacht erspart!

Alexander ist heute Vormittag eingetroffen. Ich freu mich so, dass er diese besonderen Tage mit mir erleben wird. Auch Gareth ist da und wir haben den ganzen Tag zu viert im Hotel verbracht, weil ich mich für den heutigen, „großen Abend" ausruhen muss. Jetzt hab ich nur noch ein paar Minuten um mich zu sammeln, Alexander und Gareth sind ins Theater vorausgefahren, dann holt uns das Taxi ab. Hoffentlich halten meine Nerven durch!

27. April
In dem von Gareth organisierten Couchsessel bin ich gethront wie eine Königin. Er ist neben den einfachen Theatersitzplätzen ziemlich aufgefallen; ich wette, nicht mal die Queen selbst ist je in einem Theater so bequem gesessen! Zuhause kann ich es nicht ausstehen, neugierig angegafft zu werden, doch gestern Abend war mir, als würde sich jeder Mann und jede Frau, ja sogar jedes Kind, das mich so sitzen gesehen hat, mit mir freuen. Gott sei Dank hat Alexander meine Hand gehalten, sonst wäre ich vor Aufregung wahrscheinlich abgehoben. Jeder Nerv in meinem Körper war so angespannt, als müsste ich selbst dort oben auf der Bühne stehen. Ich wollte nicht die kleinste Kleinigkeit übersehen, doch immer wieder hab ich mich dabei ertappt, wie ich nur auf Michael geschaut und nur auf seine Stimme geachtet hab. Die Vorstellung ist unwahrscheinlich schnell vergangen, ja sie ist beinahe so an mir vorbeigeflogen wie Chitty am Ende des Musicals, ein sehr beeindruckender Effekt übrigens, der mittels eines Hebekrans möglich war. Die Illusion des fliegenden Autos war so perfekt, dass die Kinder im Publikum vor Begeisterung gequietscht haben!

Unser Treffen im „Dressing Room" hat meine Vorstellungen bei Weitem übertroffen. So oft hab ich mir diese Szene vorgestellt, hab sie in Gedanken durchgespielt und mir überlegt, was ich sagen würde, aber natürlich war alles ganz anders. Gareth hat uns hinter die Bühne gebracht und Stefan hat mich in Michaels Dressing Room geradewegs auf dessen Couch gesetzt. Plötzlich ging eine angrenzende Tür auf und Michael Ball ist leibhaftig vor mir gestanden. Er war völlig „cool" (Warum auch nicht, schließlich war diese Situation für ihn nichts Neues!) und hat mich begrüßt, als ob wir uns gestern zum letzten Mal gesehen hätten. Das hat mich so überrumpelt, dass sich meine gut durchdachte Vorbereitung mit einem Mal in Luft aufgelöst hat. Ich glaube, alle anderen haben mehr geredet als ich, dabei wollte ich doch so viel sagen. Stefan hat mich damit aufgezogen, dass er diesen Tag in seinem Kalender als „Der Tag an dem Evi sprachlos war" markieren würde. Jedes Mal, wenn ich angesprochen wurde, bin ich rot angelaufen. Peinlich! Als ich mein Geschenk überreicht habe, eine dunkelblaue Holzkassette, die den Donauwalzer spielt, sobald man den Deckel öffnet, war mir, als würde ich ein kleines bisschen von der Freude, die mir Michaels Musik gemacht hat, an ihn zurückgeben. Dann sollten Fotos gemacht werden, und während ich in die Kamera gelächelt habe – wahrscheinlich hab ich eher gegrinst wie ein lackiertes Schaukel-

pferd –, hat mich Michael überrumpelt und mir einen Kuss auf die Wange gedrückt. Über meine Verlegenheit hat er sich gefreut wie ein kleiner Bub. Ich bin gespannt, ob das Bild etwas geworden ist!!! Ein paar Sätze hab ich letztlich doch rausgebracht, aber bei Weitem nicht genug, um alles loszuwerden, was ich eigentlich hätte sagen wollen. Aber egal, ich glaube, Michael weiß, worum es mir gegangen ist!

28. April
Obwohl ich von gestern noch total erledigt war, wir sind erst sehr spät wieder zurück im Hotel gewesen, hab ich mich heute kräftig genug gefühlt, um einen kurzen Ausflug ins Londoner City-Leben zu wagen. Seit ich hier bin, hab ich ständig das Gefühl, zu träumen, dabei ist alles um mich so real – die Gerüche, der Lärm, die fremde Sprache. Endlich hab ich den berühmten Big Ben selbst gesehen, bin mit meinem Bruder und meinen Freunden im Covent Garden gesessen, der sich gleich hier um die Ecke befindet, und hab den typisch englischen Nieselregen auf meinem Gesicht gespürt! Morgen geht's wieder ab nach Hause. Es ist kaum zu glauben, dass mein Bett, in dem ich während der letzten Monate so viel Zeit verbringen musste, nur zwei läppische Flugstunden von hier entfernt ist und ich schon in ein paar Stunden wieder drin liegen werde.

Von wegen Glück im Unglück!
(Mai 2002)

Eine Woche nachdem ich aus London zurück war, mischte sich das Schicksal schon wieder in meinen Zeitplan ein. So sehr hatten andere und auch ich selbst darauf geachtet, dass während meiner Reise nichts passierte, aber eine Woche vor der geplanten Operation für mein linkes Bein brach ich mir den rechten Unterschenkel. Mit meinem Kopf noch immer in London war ich während einer Spazierfahrt mit einer Parkbank kollidiert. Man konnte den OP-Termin zwar nicht vorverlegen, aber die vorzeitige Aufnahme ins Orthopädische Krankenhaus Speising blieb mir nicht erspart. Seltsamerweise war ich erleichtert, die Zeit bis zum Eingriff nicht zu Hause verbringen zu müssen. Auf diese Weise hatte ich Muße, mich einzugewöhnen, die Pflegerinnen kennenzulernen und drohte nicht in meinen vier Wänden vor düsteren Zukunftsvisionen durchzudrehen. Da ich ohnehin nach der OP in eine Gipshose verpackt werden musste, störte mich der gebrochene Unterschenkel nicht sonderlich, nur der unpraktische Umstand, dass ich mir durch den Beinbruch drei Extrawochen Gips eingehandelt hatte, ließ mich etwas kleinlauter vom „Glück im Unglück" reden. Laut Wettervorhersage stand nämlich ein langer und heißer Sommer bevor.

Ganz in Gipsweiß
(Sommer 2002)

Obwohl während der mehrstündigen Operation mein linker Oberschenkelhals gebrochen war, hatte es das Ärzteteam, bestehend aus meinem Orthopäden und einem Unfallchirurgen, geschafft, den Metallstift in mein Bein zu schrauben. Unglücklicherweise war beim Eingipsen ein Missgeschick passiert – aufgrund der ungewöhnlichen Verformung meiner Unterschenkel hatte man das linke Bein (das ich mir zuvor selbst gebrochen hatte), etwas verdreht eingegipst, was mir erst auffiel, als die Wirkung der Schmerzmittel nachließ. Nun musste der untere Teil des linken Gipses abgesägt und mein Bein neu eingegipst werden. Dass das nicht schmerzfrei vonstatten ging, bekam sogar Alexander mit, der genau jetzt anrief, um sich zu erkundigen, ob ich die OP gut überstanden hätte. Anstatt auf altmodische Weise in einen Holzstab zu beißen, hielt ich mein Handy krampfhaft fest und konzentrierte mich auf seine sonore Stimme. Ohne Intervention meiner Mutter hätte ich meine Schmerzen gar nicht gemeldet, sie hatte jedoch darauf bestanden, sofort den Dienst habenden Arzt zu rufen. So stolz ich sonst auf meine Selbstständigkeit war, so sehr neigte ich zur Resignation, sobald mir starke Schmerzen die nötige Gelassenheit raubten, um selbst für meine Belange einzutreten. Kurz gesagt, ich war heilfroh, meine Mutter an meiner Seite zu wissen, die für mich das Ruder übernahm.

Der vierwöchige Krankenhausaufenthalt verging ohne weitere Probleme und sogar den Umständen entsprechend angenehm. Tagsüber gaben sich die Besucher die Türklinke in die Hand und abends schlief ich vor Erschöpfung ein. War ich allein, sah ich aus dem Zimmerfenster und jedes Mal, wenn ich ein Flugzeug den blitzblauen Sommerhimmel durchschneiden sah, träumte ich mich aus meinem Krankenhausbett und der beklemmenden Gipshose hinaus ins ferne London.

Die drei Extrawochen im Gips durfte ich zu Hause verbringen, wo sich meine Mutter fürsorglich um mich kümmerte. Es wurde tatsächlich ein brütend heißer Sommer und die Wiener schwitzten schon, wenn sie nur in Badesachen herumliefen. Um nicht in meiner maßangefertigten Hose zu schmelzen, rückte meine Mutter den wenigen gipsfreien Stellen regelmäßig mit kühlen Lappen und Franzbranntwein zu Leibe und auf dem Speiseplan standen nur potenziell kühlende Speisen. Von scharfen Delikatessen nahm ich wohlweislich Abstand!

Gefangen

So ist es, wenn du zur Unbeweglichkeit verdammt in deinem Bett liegst, um dich ein dampfend heißer, enger Panzer aus Gips und du glaubst keine Luft mehr zu bekommen.

So ist es, wenn du auf der Flucht vor der Enge deine Augen schließt und dir vorstellst, über eine duftende Sommerwiese zu laufen.
Du siehst den unendlich weiten, blauen Himmel, hörst Vögel über deinem Kopf zwitschern und spürst das kühle Gras feucht zwischen deinen nackten Zehen.
Machst du die Augen wieder auf, liegst du noch immer in diesem verdammten Bett und fühlst noch immer die bleierne Schwere deines weißen Gefängnisses.
So ist es, wenn Besuch wieder geht, Besuch von der Welt da draußen, und du möchtest mit ihm gehen, möchtest weinen und schreien vor Verzweiflung,
weil du so hilflos zurückbleiben musst.
So ist es, wenn die Zeit einem zähen Batzen aus Urschleim gleicht, nicht verrinnen will und du die Uhr an der Wand anstarrst, in der Hoffnung, die Bewegung des Minutenzeigers auszunehmen.
Aber irgendwann ist sie vorbei, die Einkerkerung und einem Schmetterling gleich entledigst du dich deinem Kokon.
Nur, elegant in den Sommerhimmel hochsteigen und davonflattern kannst du nicht.
Du musst erst mit viel Geduld aufs Neue lernen, deine schwachen, starren Glieder zentimeterweise zu bewegen.

Morgen schon

Tagebucheintragung
(Juli 2002)
Die Gedanken kreisen, schwirren in wirren Bildern in meinem Kopf umher.
Mein Herz, in Erwartung des Morgens, schlägt unbändig und ist kaum zu besänftigen.
Morgen wird die Schale, in der ich die letzten sechs Wochen sicher verbracht habe, geöffnet – geknackt wie eine Auster.

Eine Hälfte in mir sehnt sich nach Freiheit, nach Luft, die andere Hälfte würde am liebsten in der Sicherheit meines künstlichen Panzers verborgen bleiben. Ich möchte mutig der Zukunft ins Auge sehen, mich dem Ungewissen stellen und doch ist mir bang. Die Frage, was nach der Gipsabnahme sein wird, bohrt sich immer und immer wieder in meine Gedanken – ich kann sie nicht abwimmeln.

Nie wieder möchte ich mit rasendem Pulsschlag in mich hören müssen, um zu spüren, wie sich in Bruchteilen von Sekunden, Monate im Voraus abzeichnen.

Die Hoffnung ist es, die mich nach langem und geduldigem Warten immer wieder antreibt. Solange die Idee der Besserung noch in mir lebt, werde ich kämpfen, auch wenn die Momente der Erfüllung kurz und rar sind.

Gerade sie sind es, die mich tiefe Freude und große Dankbarkeit empfinden lassen.

Hoffentlich war nicht alles umsonst!

Nachdem ich endlich vom Gips befreit war, stellte ich erleichtert fest, dass der Nagel in meinem Knochen hielt. Meine Sorge, dass sich mein Bein anders anfühlen würde, bestätigte sich nicht. Es war zwar schwach, wie auch der Rest meines Körpers, aber es war glücklicherweise stabil. Gegen eine Operation am zweiten Bein war also nichts einzuwenden. Bis dahin konnte ich mich dennoch nicht zu ehrgeizigen Trainingseinheiten aufraffen, schließlich würde ich in wenigen Monaten schon wieder im Gips liegen. Meine eiserne Willensreserve wollte ich lieber für später aufsparen, ich wusste, ich würde sie noch bitter nötig haben.

Weißer Hof
(März–Mai 2003)

Die Operation an meinem rechten Bein war komplikationslos verlaufen und ich war die Gipshose nach den versprochenen drei Wochen tatsächlich wieder los. Jetzt konnte mich nichts mehr halten, ich wollte auf schnellstem Wege wieder aktiv sein und wieder arbeiten können. Das Rehabilitationszentrum „Weißer Hof" in Klosterneuburg sollte mir dabei helfen. Es gefiel mir sofort, obwohl die Ähnlichkeit mit einem Krankenhaus nicht zu übersehen war. Die Anlage, auf einer Anhöhe gelegen, wurde von herrlichen Spazierwegen umschlossen, auf denen man sowohl Krückengehern und Rollstuhlfahrern als auch Prothesenträgern begegnete. Es faszinierte mich, welche Widersprüche an diesem doch so lebendig wirkenden Ort aufeinandertrafen: Lachen, Geselligkeit und Ehrgeiz waren hier genauso daheim wie Nachdenklichkeit, Verzweiflung oder gar stumme Duldung.

Anfangs fiel es mir schwer, mich auf „meiner" Station einzuleben. Ich war bei den querschnittgelähmten Patienten untergebracht worden, weil ich dort vom Pflegebedarf her am besten versorgt werden konnte. Ich begegnete Menschen aller Altersstufen, einige waren vom Becken abwärts (Paraplegie), andere von der Halswirbelsäule an (Tetraplegie) gelähmt, manche konnten ihre Arme auf und ab bewegen, andere konnten nicht einmal mehr das. Am meisten gewöhnungsbedürftig empfand ich die gemeinsamen Mahlzeiten. Ich, die ich jede einzelne meiner Gliedmaßen spürte und bewegen konnte, saß inmitten von erwachsenen Menschen, die gefüttert werden mussten wie Kleinkinder, oder sich mit ihren an den Händen festgezurrten Löffeln plagten, selbstständig zu essen. Es erschütterte mich, Menschen zu sehen, die nur mehr die Kontrolle über ihren Kopf hatten und ihren Rollstuhl mit dem Mund lenken mussten, während andere, die „nur" gelähmte Beine hatten, im Freien lernten, wie sie mit ihren Rollstühlen allein und gefahrlos einen Hang bergab fahren konnten. Während die einen sich abmühten, die verbliebene Bewegungsfreiheit der Arme zu trainieren, indem sie im Schneckentempo die endlos scheinenden Gänge entlangfuhren, waren andere damit beschäftigt, ihre Lungen so zu kräftigen, dass sie genug Luft bekamen, um zusammenhängende Sätze sprechen zu können. Der schmale Grat zwischen Abhängigkeit und Selbstständigkeit verdeutlichte hier auf krasse Weise die Willkür des Schicksals.

Sinnsuche

Dass hinter so viel Leid und scheinbarer Ungerechtigkeit ein tieferer Sinn stecken sollte, beschäftigte mich sehr. Ich hatte schon früh Schwierigkeiten mit meinem Gottesbild gehabt und mich gefragt, ob der „gute Vater im Himmel" mit seinem weißen Rauschebart nicht eher ein Sadist war, der mir jedes Mal aufs Neue Steine in den Weg legte, anstatt mich zu heilen. Als Kind empfand ich das ganz besonders heftig, war ich doch sonntags zur Kirche gegangen und hatte darum gebetet, wieder wie die anderen Kinder sein zu dürfen, und trotzdem war Knochen um Knochen gebrochen. In meiner Verzweiflung hatte ich mich enttäuscht an den „lieben Gott" gewandt und ihn entrüstet gefragt, warum er mich so quälte, wo ich doch nichts Böses getan hatte.

Mittlerweile war mein Glaubensbild gereift und ich war überzeugt, dass mein Zustand keine absichtlich herbeigeführte Prüfung darstellte. Ich hatte nun mal gläserne Knochen und musste mit ihnen leben, aber ich war überzeugt davon, dass eine Kraft zwischen Himmel und Erde existierte, die einen Ausgleich schuf. Ich glaubte daran, dass es an jedem selbst lag, diesen Ausgleich zu erkennen und das Bestmögliche daraus zu machen. Ein Gespräch, das ich einmal mit einem Priester geführt hatte, bestärkte mich darin. Ich hatte ihn gefragt, warum ich mich immer dann so von Gott verlassen fühlte, wenn ich ihn am dringendsten brauchte. Ich erzählte ihm, dass ich mir zwar nie allein gelassen vorkam, weil doch immer Freunde um mich seien, aber Gott spürte ich nicht. Er sah mich lange und eindringlich an und sagte nur: „Na, da hast du's ja!" Plötzlich verstand ich. Ich war also doch erhört worden! Ich hatte andere Hilfe bekommen als erwartet, aber genau von der Art, derer ich am ehesten bedurfte – menschlicher Nähe.

Ich fragte mich, wie es wohl den anderen Patienten hier ergehen mochte, die genau wie ich mit ihrem Schicksal zurechtkommen mussten? Ich hatte mein Leben lang Zeit gehabt, mich an die besonderen Anforderungen meines Körpers zu gewöhnen – wie schrecklich musste es sein, von heute auf morgen aus dem gewohnten Alltag und dem alten Körpergefühl herausgeschleudert zu werden? So oft ich bislang mit meiner Situation gehadert hatte, während der zwei Monate im Rehabilitationszentrum „Weißer Hof" lernte ich, dankbar dafür zu sein, dass ich „nur" für ein Leben mit Glasknochen auserkoren worden war.

Spüren oder nicht spüren, das ist hier die Frage

Eines Mittags, ich saß gerade beim Essen, wurde ich von einer Tetraplegikerin auf meine Krankheit angesprochen. Als ich ihr von meiner Bruchanfälligkeit und meinen ständigen Schmerzen erzählte, wandte sie sich an die rundum Sitzenden und meinte bedauernd: „Meine Güte, das stell ich mir schrecklich vor! Da kann ich ja richtig froh sein, dass ich nix spür!" Diese Aussage erschütterte mich dermaßen, dass ich den Nachmittag allein im Freien verbrachte und grübelte. Wie konnte es sein, dass mich Menschen, mit denen ich um keinen Preis der Welt tauschen wollte, bemitleideten? Sicherlich, ich hatte mir schon oft gewünscht, keine Schmerzen zu spüren, aber nie wieder etwas spüren zu können schien mir dann doch nicht wünschenswert. Schmerzen waren seit so vielen Jahren Bestandteil meines Lebens. So lästig sie waren, so nötig brauchte ich sie, um mir meine Grenzen aufzuzeigen. Tat der Rücken weh, wenn auch nur nach einer halben Stunde im Sitzen, wusste ich, dass es Zeit war, mich hinzulegen oder ich riskierte Schwächeknochenbrüche. Meine Aktivitäten waren durch diese natürliche Bremse zwar extrem eingeschränkt, aber das, was ich erlebte, erfühlte ich dafür in seiner ganzen Vielfältigkeit und mit jeder Faser meines Körpers.

Schmerzen

Ohne sie wäre mein Leben viel zu unbeschwert.
Sie sind wie die Haare auf meinem Kopf:
eigenwillig, unbändig und doch stets ein Teil von mir.

Abwechslungsreich vertreiben sie mir die Tage.
Dank ihnen ist Zeit ein abstrakter Begriff geworden –
sie können Minuten zu Stunden machen und Stunden zu Tagen.
Vergehen jedoch Momente ohne ihre stechende, pochende, brennende,
lähmende Präsenz, dann fehlt etwas Gewohntes.

Herzlichen Dank, euch Schmerzen,
denn durch euch bin ich spontan geworden –
kann gute Tage viel intensiver genießen.
Euren seltenen Urlaub weiß ich zu schätzen, bin aber oft versucht
euch mit Tabletten auszutricksen, um mir mehr zumuten zu können.

Doch so schnell kann ich gar nicht „Au" sagen,
seid ihr wieder zurück –
mit doppeltem Arbeitseifer und fordert bezahlte Überstunden.

Frühlingserwachen

Während ich damit beschäftigt war, meinen Körper zu kräftigen, erwachte rund um mich der Frühling und mit ihm auch meine lange aufgestauten Sehnsüchte. Täglich fuhr ich, sobald es mir zwischen Therapien und Mahlzeiten möglich war, ins Freie und beobachtete, wie zartes Grün Bäume und Sträucher überzog. Ich setzte mich unter eine Birke, deren Äste wie ein Vorhang bis zum Boden reichten, und versuchte meine in Aufruhr befindlichen Gedanken zu beruhigen. Ausgelöst wurde meine Unruhe durch ein älteres Ehepaar – er, Mitte fünfzig, vom Nacken abwärts gelähmt; sie, etwas jünger und täglich an seiner Seite. Die Art und Weise, wie diese beiden Menschen miteinander umgingen, wie liebevoll ihre Fürsorge war und wie stark seine Gefühle aus seinem Gesicht herauszulesen waren, berührten mich zutiefst. Gleichzeitig aber weckte dieser Anblick in mir den Wunsch, auch eines Tages eine derartig innige Beziehung zu einem Mann erleben zu dürfen.

Ich war umgeben von Familie und Freunden, die mich und meine guten und weniger guten Eigenschaften mochten und meine Zerbrechlichkeit als Teil von mir akzeptierten. Trotzdem ersetzte Freundschaft nicht den Wunsch nach Partnerschaft und Geborgenheit, nach Zärtlichkeit und Liebe. Ich wurde zwar täglich berührt, aber „nur", um gepflegt, angezogen und gehoben zu werden. Dank dieser Berührungen vergaß ich wenigstens nicht, wie sich meine Hülle anfühlte, aber es war nicht das, wonach ich mich sehnte. Liebevoll berührt zu werden, ohne Besorgnis in den Augen des anderen zu lesen und ohne selbst Angst vor Schmerzen haben zu müssen, das war es, was ich wollte.

Traumhafte Geborgenheit

Wie ein hilfloses Kind, klein und verwundbar,
stand ich vor dir.
Alles an mir sehnte sich schmerzhaft nach Geborgenheit,
nach menschlicher Nähe.

Nur eines wollte ich in diesem Augenblick,
mich in deine Arme kuscheln,
mich in der warmen Höhle deiner Umarmung verlieren,
darum hörte ich mich dir zuflüstern:
„Halt mich fest!"

Ich ging auf dich zu,
du öffnetest deine Arme für mich,
und obwohl ich dich nicht erkennen konnte –
– wer warst du? –,
fühlte ich mich
aufgefangen,
umfangen,
und zugleich
befreit von der quälenden Einsamkeit,
die meinen Körper schmerzte
und meine Seele peinigte wie ein nagendes Geschwür.

Du warst da –
einen traumhaft schönen Moment lang,
in dem ich deinen Herzschlag spüren konnte ...

... bis ich benommen die Augen öffnete und mir klar wurde:
es war nur das Echo meines eigenen Herzschlags,
das sich frech in meinen Traum gestohlen hatte.

Zurück ins Leben
(Mai 2003)

Trotz des Angebots noch eine Woche länger am Weißen Hof zu bleiben, spürte ich, dass ich mein Limit erreicht hatte. Ich konnte mich wieder selbstständig bewegen, mittels eines Rutschbrettes vom Rollstuhl auf mein Bett gelangen und mehrere Stunden täglich im Sitzen verbringen. Ich freute mich unglaublich auf zu Hause und darauf, es mit weniger Schmerzen aufs Neue erobern zu können. Jedes Mal wenn ich mit meiner Mutter Bummeln ging und dabei nicht ständig die Zeit, die wir für den Rückweg benötigen würden, im Hinterkopf behalten musste, wurde mir bewusst, wie wenig selbstverständlich das war. Dass es mir besser ging, verdankte ich voll und ganz der Bemühung meines Arztes, der mir das wichtigste Gut für eine quirlige Person wie mich erhalten hatte: die Fähigkeit, die Welt, wenn schon nicht auf den eigenen Beinen, so wenigstens sitzend zu erfahren. Plötzlich bemerkte ich Kleinigkeiten, die mir vorher nie aufgefallen waren. Ich sah Verzierungen an Häusern, einen frisch gepflanzten Baum oder ein Geschäft, das vorher scheinbar nicht da gewesen war, weil ich endlich Muße hatte, mich umzusehen. Endlich saß ich nicht mehr vor Schmerzen in mich gekehrt in meinem Rollstuhl und zählte die Minuten, bis ich mich daheim wieder hinlegen konnte.

Als mein Bruder Ende Mai seine Verlobte Renate heiratete, war ich überglücklich, dabei sein zu können. Ich hatte schon genug wichtige Ereignisse verpasst, Stefans Hochzeit sollte nicht dazu gehören! Meine Kondition erlaubte es mir nur, maximal drei Stunden am Stück zu sitzen, deshalb kam ich als Letzte zum Standesamt und während des Empfangs stand eine Couch zum Ausruhen für mich bereit.

In den darauf folgenden Wochen spürte ich unbändige Energien in mir und konnte nicht genug erleben. Bei einem dieser emotionalen Höhenflüge schoss mir eine verrückte Idee durch den Kopf: Sollte es etwa möglich sein, schon jetzt und auf ganz normale Weise nach London zu fliegen? Ich überlegte zwar, ob ich dafür schon kräftig genug war, fackelte aber schlussendlich nicht lange – man lebte ja schließlich nur einmal – und fand mich wenige Wochen später mit meiner Mutter und meiner Tante, die mich diesmal begleiten konnten, in London wieder.

Jeden einzelnen Tag dieser herrlichen Reise genoss ich aus vollen Zügen, wohl wissend, dass ich meine Grenzen überschritt, aber ich fand, dass es das Risiko wert war. Ich wollte mir nicht später einmal vorwerfen müssen, eine sich mir bietende Chance nicht wahrgenommen zu haben. Ich sah so viele der Sehenswürdigkeiten, deren Nähe ich beim ersten Mal nur erahnt hatte: Die Tower Bridge, den St. James Park, den Covent Garden Market und das Beste von allem, das London Eye, in dem Gareth mit mir eine Rundfahrt machte. Er ließ es sich nicht nehmen, mir dieses Mal „seine Stadt" von der schönsten Seite zu zeigen, nämlich von oben!

Dieser zweite London-Aufenthalt war für mich der krönende Abschluss einer schwierigen Lebensphase. Er war wie die fett gedruckte Schlagzeile der neuesten Ausgabe meiner persönlichen Tageszeitung: „Ich bin wieder da!" Wenn auch nicht mehr ganz so unbeschwert wie früher. Mein unberechenbarer Körper war zwar nach einem zeitaufwändigen Service für den Moment wiederhergestellt, wie bald er das nächste Mal aufbegehren würde, konnte mir aber weder mein Arzt vorhersagen, noch wollte ich das überhaupt wissen.

Pension
(September 2003)

„Sind sie mit ihren sechsundzwanzig Jahren nicht viel zu jung, um schon in Pension zu gehen?", fragte mich der Gutachter, den mir die Pensionsversicherungsanstalt geschickt hatte.

Obwohl es mir besser ging als ein Jahr zuvor, hatte ich es trotz des Trainings nicht geschafft, länger als drei Stunden auf einmal im Rollstuhl zu sitzen. Neuerdings renkte ich mir immer wieder Rippen aus und hatte dann wochenlang Probleme beim Atmen. Meinen Beinen ging es zwar endlich wieder gut, ich hatte gar keine Schmerzen mehr, aber mein Rücken rebellierte ohne Ende. Es war einfach unmöglich, an eine Wiederaufnahme meines Berufslebens zu denken, deshalb hatte ich schweren Herzens um Gewährung einer Berufsunfähigkeitspension angesucht.

„Natürlich bin ich zu jung! Sie können mir glauben, hätte ich die Wahl, ich würde liebend gerne arbeiten", antwortete ich resigniert. Ich war deprimiert und empfand es als tiefe Demütigung, mich diesem fremden Menschen gegenüber für etwas rechtfertigen zu müssen, das ich als persönliche Niederlage empfand. Es war ja schließlich nicht so, dass ich nicht mehr arbeiten wollte, aber unter diesen Umständen ging es eben nicht mehr.

Es war keine Überraschung, als die Pensionsbewilligung eintraf, trotzdem sah ich mich plötzlich mit der Frage konfrontiert: „Und was jetzt?" Ich musste meinem Leben eine neue Richtung geben, musste mir etwas suchen, um mich sinnvoll zu beschäftigen, schließlich war ich ja tatsächlich zu jung, um untätig zu sein. Mir wurde bewusst, dass ich in kürzester Zeit einen riesigen Lebensabschnitt übersprungen hatte. Normalerweise, wenn Menschen in Pension gingen, konnten sie es nicht erwarten Unternehmungen aller Art zu planen, für die sie bislang keine Zeit gehabt hatten. Sie machten sich aber auch Gedanken darüber, im Herbst bzw. Winter ihres Lebens angelangt zu sein und die kleine, aber wichtige Frage nach der Dauer dieser Jahreszeit begann sich in ihren Köpfen einzunisten. Ich dagegen hatte das Gefühl, den Sommer noch nicht einmal ansatzweise ausgekostet zu haben. Es hörte sich so seltsam an, musste ich auf die Frage nach meinem Beruf mit „Pensionistin" antworten. Das konnte es doch noch nicht gewesen sein!

Vom Schreiben

Um mich zu beschäftigen, begann ich Episoden aus meinem Leben niederzuschreiben. So vieles hatte sich bislang ereignet und ich wollte herausfinden, ob sich ein Muster darin fand und ob alles, was geschehen war, letztlich doch zu etwas Gutem geführt hatte. Als ich merkte, dass sich die Ideen in meinem Kopf überschlugen und ich händisch nicht schnell genug schreiben konnte, um meine herumwirbelnden Gedanken zu Papier zu bringen, setzte ich mich an meinen Computer und tippte. Seite um Seite schrieb ich, schrieb von meiner brüchigen Kindheit und erlebte sie dabei aufs Neue, schrieb von meiner Teenagerzeit, die oft schmerzhaft und deprimierend war. Nach jedem fertiggestellten Kapitel hatte ich das Gefühl, eine Last fiele von meiner Seele. Der Gedanke an den abzuarbeitenden Erinnerungsberg ließ mich zwar zaudern, aber ich hatte Feuer gefangen und konnte es nicht mehr löschen.

Immer wieder wurde ich von meinen Schmerzen aus meinem Schreibfluss gerissen. Kaum saß ich eine halbe Stunde vor dem PC, musste ich mich wieder niederlegen. Während ich lag, nahm ich Papier und Astronautenkugelschreiber zur Hand und notierte, was mir gerade in den Sinn kam, bis es mich nach einer Stunde Rast erneut zum PC trieb. So manchen Tag büßte ich meinen Eifer mit heftigsten Verspannungen und in schlaflosen Nächten durchzuckten Erinnerungen wie Blitze mein Gehirn und ließen mich nicht schlafen. Als ich mich bis zu meinem ersten Berufsjahr durchgeschrieben hatte, fühlte ich plötzlich meine Kraft schwinden. Sie schwand in demselben Maße, in dem sie mich in jenem wichtigen Jahr verlassen hatte. Ich fühlte mich ausgebrannt und wusste nicht, wie ich es schaffen sollte, diese folgenden, so schwierigen Jahre zu dokumentieren. Meine Seele brauchte eindeutig eine Pause.

Alltag
(2004, 2005)

Meinen Alltag konnte man getrost als unspektakulär bezeichnen. Gesundheitlich erlebte ich zwar keine Höhenflüge, aber zu massiven Verschlechterungen kam es auch nicht. Ich lebte in meinem eigenen Rhythmus, der sich hauptsächlich nach den Jahreszeiten richtete. In der warmen Jahreshälfte nahmen meine Knochen die Energie der Sonne auf und ich schaffte es, länger zu sitzen und mir beinahe täglich Ausfahrten zuzumuten. Je mehr meine Mitmenschen vor Hitze stöhnten, desto wohler fühlte ich mich. Im Winterhalbjahr sah die Sache anders aus. Sobald die Temperaturen unter zehn Grad Celsius sanken und das Anziehen der Winterbekleidung länger dauerte als ein möglicher Spaziergang, reduzierte sich mein Wunsch, ins Freie zu fahren auf null. Das lag daran, dass sich meine Muskeln durch die Kälte verkrampften und ich dank dicker Jacke viel unbequemer in meinem Rollstuhl saß. Wie das Amen am Ende jedes Gebetes konnte ich sicher sein, mir im Winter mindestens einen Knochen zu brechen, egal, wie sehr ich auch aufpasste. Während des „guten 2004er Winters" kam ich mit einem gebrochenen Finger und ein paar verknacksten Rippen, die ich mir während eines Schnupfens zugezogen hatte, davon, während des „schlechten 2005er Winters" plagten mich ein gebrochener Unterarm und Unterschenkel.

Einen geeigneten Ersatz für mein ausgefülltes Berufsleben zu finden, gestaltete sich schwieriger als erwartet, vor allem, da es sich mit meinem Wohlbefinden verhielt, wie mit Ebbe und Flut – es kam und ging. Meine Wohnung glich zur Ablenkung einem geschäftigen Bienenstock, in dem Pfleger, Heimhilfen, Therapeuten, Eltern und Freunde ein- und ausgingen. Hatte ich ein wenig Zeit für mich, dann las ich – und das im Akkord. Meinem kleinen StatistikTick frönend, wurde jedes gelesene Buch akribisch aufgelistet und benotet. Themenvorlieben hatte ich keine, Hauptsache, ich wurde in fremde Welten entführt.

Da für Kinobesuche meine Sitzfähigkeit nicht ausreichte, war ich Stammkundin in der nahe gelegenen Videothek. Ich genoss den Vorzug der DVDs, die es mir erlaubten, Filme auch auf Englisch anzuschauen, so blieb ich für meine Telefonate mit Gareth in Übung. Das Handy gehörte überhaupt zu den wichtigsten Utensilien meines Lebens, es war mein Draht zur Außenwelt – ganz besonders im Winter, wenn jedermann verschnupft war und sich aus Rücksicht auf meine zarten Rippchen nicht in meine Nähe traute. Ende 2005 überkam mich das Gefühl, irgendwie festzustecken. Die Therapien wirkten nicht mehr, die Schmerzen im Rücken nahmen wieder zu, ich kam kaum noch an die frische Luft und wurde zusehends trübsinniger. Es musste sich etwas ändern und das möglichst bald, deshalb beschloss ich, noch einmal auf Rehabilitation auf den Weißen Hof zu fahren.

Ein Motivationsschub der besonderen Art
(Mai 2006)

„Das ist heut echt nicht mein Tag!", dachte ich grantig. Mir taten von den vielen Therapien sämtliche Muskeln weh und bei der aktuellen Trainingseinheit im Sitzen sollte ich auch noch beide Arme gleichzeitig über den Kopf heben. Im Gegensatz zu meinen „Mitstreitern" hatte ich zwar keine Gewichte um die Handgelenke gebunden, kämpfte aber trotzdem mit ganzer Kraft, meine Arme überhaupt hochzubekommen. Gerade darauf konzentriert, meine Schmerzen wegzudenken, kam ein Neuzugang in unseren Kreis gerollt und stellte sich mir schräg gegenüber. Sofort begann er mit der Therapeutin zu plaudern. Es war offensichtlich, dass er nicht zum ersten Mal hier war, wie sonst hätte er sich minutenlang über die ehemals grüne Farbe des mittlerweile blauen Turnsaalbodenbelages auslassen können. In meiner Konzentration gestört, war ich neugierig, wie dieser Störenfried aussah. Was ich zu sehen bekam, gefiel mir. Er war groß, hatte rotblondes Haar und schien ein wahrhaft sonniges Gemüt zu haben. Sah man sich in der Runde um, stellte das eine wohl tuende Abwechslung dar – mich am heutigen Tage eingeschlossen.

Nach der Therapie, als ich auf den Aufzug wartete, rollte er zu mir. Er streckte mir seine, mit einer Manschette überzogene Hand entgegen (Tetraplegiker brauchten diese Manschetten, um mit der mit Gummi überzogenen Innenseite das Greifrad des Rollstuhls anzutreiben) und sagte lächelnd:

„Andreas."

Verwundert, überhaupt angesprochen zu werden – seit ich hier war, hatte eigentlich meist ich die Initiative ergreifen müssen, um ein Gespräch anzukurbeln –, stellte ich mich ihm ebenfalls vor und versuchte mir ein kleines Lächeln abzuringen. Die Schmerzen waren mittlerweile so schlimm, dass ich kaum noch Luft bekam.

„Du hast bei der Therapie grad so bös in meine Richtung geschaut, da wollt ich wissen, ob's an mir gelegen ist."

Erschrocken darüber, gar so grimmig gewirkt zu haben, antwortete ich verlegen: „Nein, ich hab heut nur ziemlich starke Schmerzen."

„Das tut mir aber leid", sagte er mitfühlend.

„Halb so wild, das ist bei mir eh ein Dauerzustand, das bin ich schon g'wöhnt", versuchte ich abzuschwächen. Um nicht auf die Mitleidsschiene zu geraten, sagte ich frech:

„Na, da hab ich ja Glück, dass'd dich trotzdem getraut hast, mich anzusprechen!"

„Na, schon!", er grinste verschmitzt. „Weil wenn Blicke töten könnten, dann hätt ich keine Chance mehr dazu g'habt und außerdem, wie heißt's doch so schön: Man soll seine Freunde lieben und seine Feinde umarmen."

„Da kann ich ja nur hoffen, irgendwann zu ersteren zu zählen", gab ich, schon ein bisschen von meinen Schmerzen abgelenkt, zurück.

Während des anschließenden Mittagessens, wir hatten uns nebeneinandergesetzt, fragte er mich, ob ich nicht später ein wenig Zeit zum Plaudern hätte, doch so gern ich auch wollte, die Schmerzen trieben mich ins Bett.

„Dann treffen wir uns halt am Nachmittag vor dem Speisesaal", schlug er vor.

„Ja, gerne, aber vorher muss ich mich noch ein bisserl hinlegen, sonst kann ich heut gar nimmer sitzen."

„Kein Problem, nimm dir Zeit, wir laufen uns ja nicht davon!"

Es hielt mich gerade so lange in meinem Bett, bis die Wirkung des Schmerzmittels einsetzte, dann trieb mich die Neugier doch aus dem Zimmer. Andreas wartete schon. Schnell waren wir in ein angeregtes Gespräch vertieft, in dem wir die Eckdaten unserer Leben abhandelten. Er war vierundzwanzig, hatte an einer Gastronomiefachschule in Wien maturiert und war am ersten Tag seiner Maturareise nach Griechenland von einer Welle im Meer erwischt worden, die ihm das Genick gebrochen hatte.

„Wie heißt's so schön: Nur die Dummen haben's Glück und ich hab mich offensichtlich nicht dumm genug angestellt", bemerkte er trocken.

„Na prost!", dachte ich und war mir nicht sicher, ob er hinter seinem schwarzen Humor nicht doch den Verlust seines alten Lebens versteckte. Unser Alltag glich sich in groben Zügen, wir verbrachten beide viel Zeit mit Lesen und Filmschauen und unser Geschmack war bei beidem überraschenderweise ähnlich. Einer plötzlichen Eingebung folgend fragte ich Andreas, ob er die „Sissi"-Trilogie kenne. Da Peter damals von „Titanic" geschwärmt und Celine Dion gemocht hatte und das bei mir keine Alarmglocken ausgelöst hatte, dachte ich, ein Schuss ins Blaue könne nicht schaden.

„Na klar kenn ich die und find ihn auch gar nicht schlecht, den alten Schinken."

Ups, damit hatte ich nicht gerechnet! „Du bist doch nicht etwa schwul, oder? Ich hab nämlich noch keinen Mann kennengelernt, der freiwillig zugegeben hätte, die ‚Sissi' Trilogie gesehen zu haben!", forderte ich ihn heraus.

„Na sicher nicht", lachte er und fügte grinsend hinzu: „Aber, würde Josef Meinrad noch leben, wer weiß, vielleicht würd' ich's mir ja doch noch mal überlegen."

Was für ein Schuss in den Ofen! Der Gute war ohne Frage schlagfertig.

In den nächsten Tagen verbrachten wir viel Zeit miteinander, in der mich Andreas mehrmals in die Kantine einlud. Ich war beeindruckt von seinen vorzüglichen Manieren und von der charmanten Art, auf die er die Bedienung anwies, zuerst „der Dame" das Cola und danach ihm den Saft zu servieren. Ich machte mir Sorgen, ob ich den Toast, den wir gemeinsam bestellt hatten, wohl auch nach allen Regeln des Anstands würde essen können. Als ich sah, wie mühsam es für Andreas war, seine Hälfte zwischen seine starren Finger zu bugsieren, wollte ich ihm zu gerne helfen, wusste aber, dass ich seinen Stolz damit verletzen würde. Meine immer wieder im Ansatz abgefangenen Bewegungen, die aussahen, als litte ich unter Zuckungen, nahm er milde lächelnd hin. Sein Blick aber sprach Bände: „Untersteh dich!", schien er zu signalisieren.

Als sich mein Aufenthalt dem Ende zu neigte, kannte ich Andreas gerade einmal zwei Wochen. Ich wollte zu gerne noch mehr Zeit mit ihm verbringen. Ich grübelte eine schlaflose Nacht lang, wie ich meinen Wunsch der zuständigen Ärztin plausibel machen konnte, ohne den wahren Grund zu nennen. Völlig übernächtig, aber fest entschlossen hielt ich ihr einen kleinen Vortrag zum Thema, wie gut mir die Wassertherapie tat und wie gerne ich noch an der Verbesserung meiner Kondition arbeiten würde. Dass ich schon seit zwei Wochen mehr trainierte als erforderlich, verschwieg ich ihr wohlweislich. Die Zeit, die ich eigentlich rasten sollte, verbrachte ich im Rollstuhl sitzend mit Andreas. Sie hatte sich ohnedies schon gewundert, wieso mein Schmerzmittelkonsum so rapide angestiegen war, was ich auf die Nachwirkungen der Therapien zurückführte. Tags darauf teilte sie mir mit, dass mein Aufenthalt um zwei Wochen verlängert wurde.

Es blieb dem Pflegepersonal nicht verborgen, dass sich da etwas zwischen uns anbahnte, selbst meine Zimmerkolleginnen lachten, wenn ich das Abendessen auf der Station schwänzte, um mit Andreas in der Kantine zu sitzen. Auch mein Physiotherapeut wunderte sich, warum meine Schmerzen trotz intensiver Behandlung so hartnäckig blieben. Er fragte mich, ob ich mir diesen Umstand erklären könnte. Nie im Leben hätte ich ihm eingestanden, dass ich während der Therapie mit meinen Gedanken woanders war. Er versuchte mir klar zu machen, dass ich die Grenzen meines Körpers bereits ausgelotet hatte und meine Anstrengungen dahingehend richten sollte, mir einen anderen Rollstuhl zu suchen. Ich bräuchte ein Modell, das mir die Freiheit gewährte, mehr Zeit außerhalb meines Bettes zu verbringen. Ich nahm zwar auf, was mir gesagt wurde, wusste aber, dass es mir an der nötigen Energie mangelte, um mich mit den zuständigen Stellen auseinanderzusetzen.

Bevor ich entlassen werden sollte, stand noch die schwierige Entscheidung aus, Andreas meine Gefühle für ihn zu gestehen. Die Zeit rannte mir davon und ich wollte unbedingt Gewissheit haben. Ich kam mir dabei zwar unglaublich verletzbar vor, aber seine Antwort schien mir in Anbetracht unserer Situationen sehr vernünftig, wenn auch nicht ganz so romantisch, wie ich sie gern gehabt hätte.

„Du bist mir auch nicht egal", sagte er zu mir, „nur, ich bin in Liebesdingen vorsichtig. Ich sag zwar nicht Nein zu einer Beziehung, aber Ja sagen kann ich auch noch nicht. Gib mir einfach ein bisserl Zeit."

Ich fand seine Einstellung nachvollziehbar und war weniger vor den Kopf gestoßen als erwartet. Schließlich saß ich einem attraktiven, jungen Mann gegenüber, der sich tatsächlich Gedanken darüber machen wollte, mit mir eine Beziehung einzugehen. Das war mehr, als ich bislang erlebt hatte und für den Moment war ich zufrieden.

Zufall oder Schicksal?
(Juni 2006)

Beide wieder daheim, kam es, wie wir es vorausgesehen hatten. Da jeder von uns auf die Hilfe anderer angewiesen war, sahen wir uns kaum, telefonierten aber täglich. Als sich die Gelegenheit bot, uns bei einer Messe für Rehabilitationstechnik zu treffen, sagte ich sofort zu. Diese kleine Entscheidung brachte eine riesengroße Veränderung in mein Leben. Obwohl ich eigentlich nur Augen für Andreas hatte, fiel mir unter all den Ausstellungsstücken plötzlich ein ganz besonderer Rollstuhl auf. Er sah aus, als wäre er für mich gebaut worden und ich bat den Aussteller, mich hineinsetzen zu dürfen. Die Funktionen des Gefährts erfüllten genau die Anforderungen, die mir mein Therapeut nahegelegt hatte. Nicht nur die Sitzhöhe war verstellbar, auch die Rückenlehne samt Sitzfläche konnte so geneigt werden, dass ich bequem liegen konnte. Ich war begeistert! Was für Möglichkeiten würden sich mir damit bieten. Ich könnte endlich mehr als nur zwei bis drei Stunden auf einmal aus meiner Wohnung hinaus, ich könnte wieder ins Kino oder ins Theater gehen. Hatte nicht Andreas gesagt, dass er gerne mal mit mir in die Oper gehen würde? Dieser Rollstuhl würde mir völlig neue Perspektiven eröffnen. An Motivation mangelte es mir aus gegebenem Anlass plötzlich nicht mehr und ich setzte alles daran, dieses Wundergefährt zu bekommen.

Meine Beziehung zu Andreas entwickelte sich nicht so, wie ich es mir gewünscht hätte, aber wenn ich eines gelernt hatte während meiner „Fehlversuche", dann war es, dass man Gefühle nicht erzwingen konnte. Nur weil ich verliebt war, musste das noch lange nicht für Andreas gelten, und obwohl ich traurig darüber war, konnte ich ihm nicht böse sein. Aus Taktgefühl überließ es mir Andreas, mich zu entscheiden, ob ich mir eine Freundschaft mit ihm vorstellen könnte, oder ob es zu schmerzhaft für mich wäre und wir den Kontakt abbrechen sollten. Diese Wahl fiel mir nicht schwer, denn Andreas hatte mein Leben jetzt schon enorm bereichert, nicht nur durch den Umstand, dass ich ohne ihn niemals diesen Rollstuhl entdeckt oder die Energie gefunden hätte, mich um ihn zu bemühen. Ich genoss es, jemanden kennengelernt zu haben, mit dem ich stundenlang über Gott und die Welt sprechen konnte, und wäre dumm gewesen, hätte ich ihn aus gekränkter Eitelkeit aus meinem Leben verbannt. Jeder meiner Freunde war mir unglaublich wichtig und ich freute mich, auch Andreas von nun an dazuzählen zu dürfen.

Was zählt
(Winter 2007)

Das unmöglich Geglaubte passierte, und als ich im September die Nachricht erhielt, dass man mir den „Rolls Royce" unter den Rollstühlen, tatsächlich bewilligt hatte, war ich mir sicher, dass nichts ohne Grund passiert war. Vielleicht würde ich durch die Möglichkeit, weniger in meiner Wohnung und mehr unter Menschen zu sein, den nötigen Impuls bekommen, um meinem Leben eine neue Richtung zu geben? Inspiriert von den aktuellen Ereignissen und dem seltsamen Zusammenspiel von Zufällen – oder war es Schicksal? –, hatte ich wieder Lust, mich der nächsten Kapitel meiner Autobiografie anzunehmen. Je mehr sich mein Leben vor mir entfaltete, sich in seinen Zusammenhängen vor mir ausbreitete, desto klarer sah ich mich selbst.

Ich hatte immer mit „den Gesunden" mithalten wollen, hatte mich bemüht, nicht aus der Menge herauszustechen und war doch die ganze Zeit über wegen meiner Glasknochen exponiert gewesen. Vielleicht lag es daran, dass ich nicht behindert zur Welt gekommen war und sechs Jahre lang ein „normales" Leben geführt hatte. Ich hatte das angenehme Gefühl kennengelernt, eine von vielen zu sein und das vermisste ich. Jahrelang war ich überzeugt gewesen, nahtlos an meine gesunde Zeit anschließen zu können, bis ich einsehen musste, dass es unmöglich war. In der Schule hatte ich durch meine Leistungen beweisen wollen, dass ich keiner Mildtätigkeit bedurfte, um gute Noten zu bekommen, im Beruf hatte ich meinen Körper weit über seine Grenzen hinaus gefordert, um mir selbst und allen anderen zu beweisen, dass ich trotz meiner Behinderung etwas Sinnvolles leisten konnte. Erst als mein Körper meinem Willen nicht mehr gehorchte, begann ich zu begreifen, dass es nicht darauf ankam, irgendjemandem irgendetwas zu beweisen. Durch meine Familie und meine Freunde hatte ich gelernt, dass ich trotz meines zerbrechlichen Körpers eine Aufgabe erfüllen konnte. Ich war da und nahm am Leben anderer Teil, war Freundin, Vertraute, Seelenverwandte und Zuhörerin.

Ich habe einmal gelesen, dass der Sinn unseres Lebens schon längst irgendwo in den Weiten des Universums festgelegt ist und wir uns nicht damit belasten müssen, ihn erst krampfhaft zu suchen. Unser Dasein an sich ist Sinn genug – und jeden Tag aufs Neue mein Bestes zu geben, um mit mir selbst zufrieden zu sein, das ist es, was zählt.

Zerbrichmeinnicht und Löwenzahn

Mein Körper – zartes Pflänzchen.
Sein Anblick ungewöhnlich,
seine Formen laden zu genauerem Hinsehen ein:
Ein krummer Stiel, umwachsen von eigenwillig verbogenen Blättern,
stützt tapfer eine rötlich schimmernde Blütenkrone.

Doch Achtung! Vorsicht ist geboten!
Schon die Landung einer vorwitzigen Biene vermag es,
seine Balance zu gefährden.
Heikel wie eine Orchidee, fordert er höchst behutsame Pflege.
Will verhätschelt und fachgerecht gestützt sein,
sonst versagt er seine Freundschaft.

In seinem Herzen aber schlummert ein anderes Pflänzchen –
ein zähes, widerstandsfähiges Gewächs.
Es trotzt dort täglich aufs Neue den Witterungen,
die seine Blätter knicken und seinen Kopf beuteln.

Sein Name ist Löwenzahn!

Evelyn Brezina

geboren 1977 in Wien. Sie leidet seit ihrem sechsten Lebensjahr an der seltenen Glasknochenkrankheit. Sie ist kleinwüchsig und sitzt im Rollstuhl. Trotz etwa 60 Knochenbrüchen bestand sie 1995 die Matura und arbeitete von 1997 bis 2001 als Sekretärin beim Wiener Roten Kreuz. Seit 2003 ist sie in Berufsunfähigkeits-Pension und widmet sich dem Schreiben.

Innen + Aussen

Boris Porpaczy

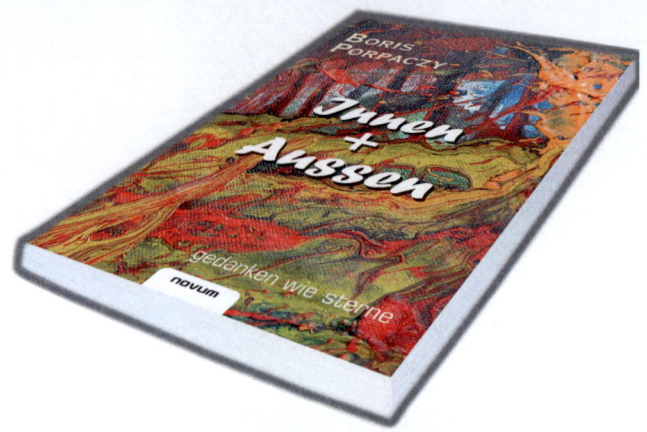

Zart und leicht, als wären sie „vom Himmel gefallen", berühren die Verse von Boris Popaczy den Leser. In seiner Gedichtsammlung werden Themen aus allen Bereichen des Menschseins angesprochen, von Kindheitserinnerungen über Reise- und Traumerfahrungen, Lebenswelten des Erwachsenenalters, bis hin zur Thematik des Gelebt-Habens.
Manchmal werden diese Themen ironisch abgehandelt, meist aber leise, dafür aber nachdrücklich, in Gedichten, die zum Innehalten verleiten.

ISBN 978-3-85022-092-7 · Format 13,5 x 21,5 cm · 148 Seiten
€ (A) 17,90 · € (D) 17,40 · sFr 31,70

Nicht ohne Liebe!
immer wieder …
Iris Schwaneberger

„Seinen Ursprung nahm das Buch in der Erinnerung der Autorin daran, dass ihr vor vielen Jahren „etwas verloren gegangen ist" – und dieses Etwas ist ihr Selbstausdruck in Form des Schreibens. Nachdem sie sich wieder Papier und Stift anvertraute, wurde das Schreiben zur Quelle der seelischen Gesundung. Mit jedem Gedicht kam sie mehr und mehr zu sich und erlangte ein Selbstverständnis jenseits der Scham über ein vermeintliches Verkehrtsein. – Insofern bekommt der Leser Einblick in ein Therapietagebuch der besonderen Art."

ISBN 978-3-85022-102-3 · Format 13,5 x 21,5 cm · 90 Seiten
€ (A) 18,90 · € (D) 18,40 · sFr 33,40

Schnittpunkt Leben
Antonia Barboric

Wie Bilder rauschen die Gedankengänge des im Zug reisenden Protagonisten am Leser vorbei. Flüchtig bis intensiv streift er Erinnerungen, setzt sich mit seiner gegenwärtigen Lebenssituation auseinander – und fragt sich, wie die Zukunft eines solchen aussehen mag, der, um überleben zu können, am Fließband einer Dosenfabrik arbeitet oder Eis verkaufen muss.
Ein Buch, das zum Nachdenken anregt, Gefühle und Gedanken widerspiegelt, mit denen jeder schon einmal konfrontiert wurde und Fragen an ein Gesellschaftssystem stellt, das einem einerseits viele Wege öffnet, in dem man sich jedoch auch schnell verlieren kann.

ISBN 978-3-902514-50-9 · Format 13,5 x 21,5 cm · 86 Seiten
€ (A) 11,90 · € (D) 11,60 · sFr 21,30